Chinese Poetry

2019 · 1

汉诗 Chinese Poetry

从老家那边下过来的雨

主编 张执浩

编委会

（以姓氏笔画为序）

王光明　邓一光　叶延滨
吉狄马加　李少君　李　蓉
吴思敬　商　震

名誉主编　　邓一光
主　　编　　张执浩
主编助理　　林东林
编　　辑　　小　引
　　　　　　艾　先
编　　务　　万启静
艺术总监　　川　上
美术设计　　杜　娟
封面设计　　祁泽娟

法律顾问
金　岩（湖北今天律师事务所）

卷首语

现代汉诗不同于中国古典诗歌，它不受格律的限制，也就是所谓的自由体。其二，它是用现代汉语写成的。有人注意到第一点，以为现代汉诗怎么写都可以；但，如果你用文言写诗，即使不遵循格律，也不是现代汉诗。

现代汉语有100年的历史，但其趋于稳定日渐成熟也是这三四十年的事。杰作的出现有赖于语言的成熟度。也就是说现代汉诗成为一种有艺术价值的诗，其可能性也是在这三四十年内兑现的。

最后，现代汉诗的旨趣和现代性相关（与古诗不同却和世界范围的现代诗歌一致），植根于多元和个人性之中。多元和个人性相辅相成，使得现代艺术（不限于诗歌）的整体景观既丰富又具有坚实的生命根据。

自由、语言塑造的可能性、多元和个人性构成了现代汉诗的重要议题。

目录 contents

5

开卷诗人

津　渡　作品
006

桑格格　作品
022

37

诗选本

梁文昆　文康
038/043

薛松爽　李小洛
049/054

一度　泥巴
060/064

严小妖　晶果星
069/074

向晓青　华姿
079/084

李鲁平　丁东亚
090/097

郑在欢　王天武
100/104

魔头贝贝　叶青
107/113

向天笑　于海棠
117/122

张一兵　理坤
125/128

蒲丛　卓尔
134/138

黄定海　焦典
143/148

杨依菲　汪峰
152/157

卢圣虎　王清让
161/166

李文锋　李路平
169/172

李荼　李郁葱
176/181

191

诗歌地理　　孙文波　诗选
　　　　　　　　193
　　　　　　阿　西　挖掘的诗学
　　　　　　　　201
　　　　　　梁晓明　诗选
　　　　　　　　211
229　　　霍俊明　"我和革命越走越远"
　　　　　　　　220

观点　　　　张三夕　新诗绝句三十首
　　　　　　　　230

243

　　　　　　杨碧薇专栏　　现代性之易与难
　　　　　　　　　　　　　244

251

霍俊明专栏　　"从世界的血"到"私人笔记"（上）
　　　　　　　　252

本期图片由林东林摄

开卷诗人

Open Page

津　渡　作品
006

桑格格　作品
022

Open Page

津渡
作品
Jing du

推荐语

成熟，节制，良好的对语言分寸的把握，刚柔兼济的力量——津渡的这些优秀品质足以使他成为同一向度里的佼佼者。读津渡的诗，感觉现代的语言表象下居住着一个古代的乡野诗人的灵魂，他对比自身还要脆弱渺小事物的关注，诞生了他与之对应的诗意，这些诗意也同时具有了某种脆弱，以及在时光流逝中稍纵即逝的悲伤特质，写作者的羞愧及无力也同时被作者很自然地呈现了出来。在这一向度的写作中，津渡无疑是非常优秀的。就我个人而言，我倒是希望看到他能写出另外一种粗粝甚至难看的文字，也许可以看到一些不一样的东西。

（艾先）

津渡的诗气韵开阔，辞意洒脱，长于哲思又充满了日常生活的细节。一个优秀的诗人，喜欢在幽深曲折的地方发掘真相，是很正常的事情。而津渡还不满足于此，他更大的雄心，或许是返璞归真，是要在一首诗中"活过那些岁月，比你的耐心还要长"。我十分欣赏津渡在诗歌创作中表现出来的自律和节制，这需要诗人强大的语言控制力和对生活的洞察。"一整天都为雨所困"是我们每个人都遇见过的困境，但唯有诗人，从中看见了白马和台灯，并且预见到这时光带来的悲剧，终会如火焰般熄灭。

"津渡有僧求法要，一桡为汝除玄妙。"听说诗人津渡的酒量很大，颇有古风，他渴望"验证时光的苦味"，想必是因为诗人爱着无穷，也爱得具体精确。

（小引）

我一直很留意津渡的写作，感觉他是一个分寸感很强的诗人，这体现在他对语言细致入微的把握能力上，精巧的甚至是刻意为之的平衡感，使他的每一首作品都显得均匀有度，诗意充裕，具有一定的辨识度。"随手布下的句子就像朴素的织物，简单到没有光芒。"这种追求诗艺的态度，固然是成就一位优秀诗人的关键，但更重要的是个人美学趣味的确立。

（张执浩）

时光

一整天都为雨所困,眼前掀不尽的重重帘幕
厨下的土豆生了芽
百里之外,最后一次台风即将来临
无所谓的庸常
我幻想一匹白马,不用学会敲门,踏过台阶
铃声丁零地走进来
站在台灯底座,伸长脖子吞吃火焰

静坐

我得收拢双脚,为凉席上
搬运饭粒的蚂蚁让路
如果风这时正好掀起窗帘,一线阳光会照见
彼此的尴尬,所以我低着头
隐藏脸上的羞愧
我低得很深,像去年在村子旁的小道上那样
等一个抱着稻禾的小孩通过

湖边纪略

田园荒芜,一襟破败的山水
残荷的杯盏倒扣湖面,一根带刺的枯肠
雨点加倍下注,花影鹤踪
都不关闲事
早起喝茶,中午昏睡,黄昏时分散步
趿拉着拖鞋在波浪中踢踏
晚上,在木盆里泡脚,摸到童年掷过来的卵石
深夜听到湖心一片哗啦,念及人鱼的
下半身,羞愧不已

林木

一棵树挨着一棵树,一棵树挨着另一棵树
像一群盲人站着,伸出手臂
摩挲着对方,附耳低语
有时候,也许会是另一种境况
需要更加耐心地辨认,抚慰
即便它们相距遥远,也能从转动的日晷与阴影中
感知彼此的存在

社火饭

五十棵玉米秸走进火堆之后
我们遇见了自己的祖父
在溪流对岸,他眺望乡间小路、麦地
他手里紧握的牛缰变成了一尾鱼
一封书信
那些在火堆里冒烟的土豆,多像溪水中的卵石
我们埋头吃着社火饭,黝黑的面容照亮
下巴骨咔嚓作响,一会儿就吃完了我们的祖父

白头夫妇

月色如银,他们头上的白发
经营得十分惨淡
小径上的鹅卵石历历可数
花园里,一本摊开的账簿
当他们赤裸脚踝行走
双手被鞋子占据,那危险的枝丫,流浪猫
已接近巢中不幸的鸟儿
那惊叫声,你们听到了吗

诗艺

回到安宁,这古老的手艺
竟使我成了一个瞎眼的裁缝。
随手布下的句子就像朴素的织物,简单到没有光芒。
而灯影,只是一条暗河
随时准备给落寞的灵魂绊上一跤。
哦,这样的深夜,星星
星星也只是一块块废铁
当它们陨落,它们就是绕着我屋宇
盲目翩飞的蝙蝠。
你这样的诗人,又如何编织出天使的双翼?

细雪

象牙的尖刺抵触我的后背
塔松的枝条,坠入无数细碎的梦
那么多在原野上,在风中,走着的大象
梦中的大象,将要经历寒夜
而我要叫醒一条河
轻轻地,从天上回来
如同蓑羽鹤的翅翼,再次降落,着陆

闲居

没有俗客登门,书桌上的檀香灰和几滴鸟鸣
也被从容抹去
偶尔,我起身推开窗子
发现风还在吹
房屋越过街区和田野,停泊于
海岸边的一块草地,而山峰
离我还远,一座寺院端坐在云心

田野

热爱田野,我爱得如此私心。
我爱那泥土、阳光、青草和野花
我爱云水、三棱草、苇子和芦雁。
我的心细柔易碎,一次
只能为一件事物所伤,而我愿意数落着去爱
愿意把事物,拆开无数来爱。
我爱着无穷,却爱得精确具体。
有一天,当我老了,死了,长眠在田野深处
将把我的一颗心
如精密的仪器,细细地拆解。

郊游

一整天都在湖边,钓鱼,下棋,喝甜橘子汁。
孩子们拿着网兜,四处打捞水中的浮萍。
后来山的阴影渐渐压上帽檐,野鸭
扯动水线,返回到菖蒲林中。
一天又将逝去,而槐花积满了车窗
一个梦境,在雨刮器
竖起的细细长耳边,簌簌摇落。
将有很远的路要走,从太阳坠落的深坑
一直驶向群星浮起的大道。

木柴堆场的麻雀

下午是安静的,除了一只麻雀
在木柴堆场蹦跳。
它不叫唤
粉红的脚爪很小。
你给它设计了另外五种舞姿,又用拇指和食指
偷偷瞄准了七次。

它的胸脯很小，嘴巴很小
眼睛也很小，甚至看不出里面盛着高兴
还是忧伤。
在那些放倒的木头中间，它忙碌得
像片椭圆的树叶。
显然，它随时可能被一阵风吹走
没有工夫来和你喝上一杯。

油菜

叫做周家舍的村庄外
两块油菜地，隔着一条小河
油菜用娇滴滴的声音，低低地叫唤小桥。
来了一个五大三粗的家伙
手扶拖拉机，大大咧咧，在桥背上卸下蜂箱。
就是这些俏皮的士兵
夸张的帽徽领章，别着带毒的弓箭
嗡嗡地，吆喝出油菜心里的甜。
就是这些油菜，在桥头
对着河水调匀花黄，此刻忙着婚配、嫁娶
在春天的土炕上愉快地乱伦。

尺蠖

爱上一个农药厂里做工的小伙，和他的
眉毛，两片马马虎虎
粘贴上去、槐树的叶子。
隔着玻璃格子花窗，春天这样地摇荡
吐丝一般地慵懒。
然而春天是致命的，就像他松垮垮的蓝色工装
上衣的口袋，纽扣随意地松开
他慢慢地拧开瓶盖，散发诱人的杀虫剂气味。
春天的窗外，因为爱得真心
一只尺蠖娇羞无力，放松了身体和警惕。

杜英

土坯子屋墙外的台坡上
吹来一阵风,吹动碧绿或是朱红的叶片
众多交错的手指,忙着整理对襟。
那些粗大的枝干,那些细枝,多么惹人喜爱
如果我是细枝,我将是一把火柴
如果是粗干,我将是一根桅杆
但是,如果他们毫不心疼地
砍下我,我将是顺着台坡擂下的滚木,我将是
等着劈开、留着过冬的柴火。

摘棉铃的姑娘们

裹着绿格子布头巾,这些姑娘们
走到坡上。当她们的胸脯撞击青涩的棉铃
它们是软的。哦,时间
正是棉铃腹内那白色的浆汁
沉甸地垂挂。当她们的手指激动地拨开它们
"给我开花,"它们如此气恼地顶撞
如同云丝抽动时带来的震颤
"那么,给我布。"她们同样心慌意乱
并且下意识地捂住惊惶的乳房。

青蛙

这夜晚,月光如水呀
这夜晚,投湖的一定只是块
石头。
只有从湖水里跳上岸来
从树影里跳到我木屋里来,到灯下
叫我画一双眉毛的才是青蛙。
你看我点着熏香,读着经
装模作样地认真。

青蛙,你看木屋的楼梯上除了露水
还撒满了图钉。

劫后记

某一天,他趴在窗子上看:
他被童车推着,自行车驮着,出租车拉着,救护车拖着
然后,灵车装着他。
于是他从窗子上溜下来,裤腿里装满云
从高高的烟囱中,飞也似的逃走。

甲虫

浓重得化不开的颗粒,借着夜色
击穿了纱窗。
矮小的皂隶,狭窄的眉距
有着圆珠笔笔芯一样邪恶的眼神。
如同巫师的魔法
在钻孔中应验谶语
时值凶年,我毫不意外它们的造访。
在我的书桌上没有大脚
只有白纸、净水、徐徐而来的清风
唯此足以逃离薮泽。

湖面

他从七楼往下看
有一瞬间,游泳的人全部潜入水下。湖岸
无声地抬出一面镜子
人的肢体和鱼群混杂在一起
像云与树丛,落在水中的影子
他从阳台上转身
并向金鱼缸里投下了眼泪和饵料

阵雨

使一条小河饱涨的激情，转瞬
失去了。乌鸦从林中飞出，清脆地鸣叫
一天之中的一个时辰，仍旧竖在高高的桅杆上
我在窗前擦拭书卷上的湿气，消失的东西重新回到眼前
行人走出山径，渔夫们跑到了船舷上
整座山林，树枝与叶片尽力张开，弹回原来的样子

亚丁村落

出现在晶蓝山峰之间的峡谷平台
此刻正被煦暖的阳光洒照。二十多间蓝灰的房屋
领养一条发白的小路。
更多的，小人似的青稞束已经收割，在脖颈处捆扎
在打谷场边摞好，占据了
小小天堂的一角。
还有大片的金黄、云朵与梦想
不受惊扰的时光
躺在一个秋天的童话里静静地生长。

海边

山冈清静，有一点小风
石楠，和低处的女贞
每一根枝条，都发出呜噜呜噜的声音
歌鸫，趁着清早飞出去
明亮的阳光下
大海涌过来无穷的波浪
不远处，几个工人
正在海边搭建新的房子，砖块
一层一层地垒加
直到他们能够放上窗户的框子

寄居

窗台下的甘蓝,心窝里顶着一堆沸水
砖篱上的瓦罐里
有半角凉月亮
牛羊,猪啊,鸡啊,它们的灵魂
在干草堆与木栏间安息
灯光从墙缝里缩回去
一对老夫妻迟迟没有入睡,他们说起明天
要收菜,杀鸡,赶集,买回两袋水泥和一只风筝

与臧北书

轭曲枷于颈
深深地压下了头。
水的镜子里,我的脸挤得更扁
无限接近河岸。
鱼的梦境和烂荷叶越来越接近
水草纹的银子总也花不完。
白云总归负心
流水更无情。
终了,我们还是需要照见、沐浴
借着晨光,涉水回到田园。

沙

夜色黯淡,我的亲人
彗星的尾巴拖曳
一群渴了的、饥饿的小嘴巴。
凉风如水,不舍昼夜地
冲刷。银河系里的一刹那
短暂地抵抗,我们还要耐心地挤紧
不知疲倦地磨损,消耗。

晚年

灰暗的房屋，仍然像粒巨大的酵母。
几乎可以想见我的晚年
穿着斑点睡衣，在院子里徘徊
迟迟不肯回房睡觉。
书本无用
终老，我也没能学成点石成金的本领。
生命从一根手杖开始枯萎
那枯枝，既不曾画出沙上的宫殿
也不会发芽。
它多像腐肉里生出的独角尖刺。

麻雀

从麻雀被嘘走
到麻雀飞进我的大脑
找到鸟巢
这一天，我等了许久

麻雀飞不高
也飞不快
麻雀，是赶在路上的
一些逗号

麻雀
站在一堆糖纸当中
在垃圾场
有亲临节日的幸福感觉

但麻雀站在谷仓顶上
带本地口音
也是外省身份，需要
提防一杆土铳

麻雀的亲戚
是稻草人
在它的手臂上
也许，能啄到一只苍蝇

麻雀被孩子们活捉
放开
起劲追赶的时候
腿上的白线，特别醒目

麻雀在檐下
只能用一块破布
当作暂住证，非法居民
随时等待拆迁

麻雀有民工身份
在城市森林里
麻雀是木工、泥瓦工
麻雀有搅动油漆的激情

为什么要把一首诗
写这么长呢？
因为只要是麻雀
就具有多种可能性

麻雀是文艺青年
沙窝里的摇滚歌手
麻雀飞进夜总会
一样胜任钢管舞

麻雀进了群艺馆
是从窗子里飞进去的
麻雀的脚印
差点成为稀世大作

麻雀，本身就是艺术品
枯枝上的八大
麻雀坐禅，踩着
380V电流的高压线

麻雀很小
但作为一首诗
麻雀很大
麻雀的内脏是整座工厂

拍电影的人
应该考虑为麻雀制片
麻雀是小个子
穿短大衣

麻雀的本能是教授
在黑板前
在粉笔盒里
经验丰富，学会了饶舌

麻雀可能不知道
它代表了一些人的命运
从洞庭湖飞到深圳
麻雀可能是位成功的商人

从秦岭飞到西安
麻雀当中有只王维
讽刺的是，麻雀在火车站
可能是个扒手

麻雀最不可能是警察
麻雀想象过
最多是位兵马俑
麻雀不够光鲜，调子太灰

麻雀从东海开始飞
飞到杭州
麻雀是西湖长椅上
摆弄粉饼的小资

麻雀从这里
到那里，其中的变故
完全可以置换
麻雀有007系列的专辑

麻雀不是瞎子
不用担心出不了门
麻雀飞到泰山上
就可以封禅

不要再写了
写不完——麻雀会叫
也会抗议
麻雀集会，占领了华尔街

麻雀的朋友
下海变成了鼠标
麻雀钻进夜里
也当不成一只乌鸦

麻雀是会飞的
麻雀有自由的羽毛
麻雀在盘子里时，剥光了
有枣红色健康的肌肉

麻雀可以是棵树
树上的疙瘩
麻雀在风雨里，在我大脑里
飘摇，麻雀在孵蛋

麻雀几次跳下来
教我写诗
麻雀的超现实主义
像极了一位潜在的大师

Open Page

桑格格
作品
Sang gege

推荐语

  对于大多数诗歌读者来说，桑格格无疑算是个新人，因为她写诗的时间并不长，但这并不妨碍她对诗歌的理解和实践。在我看来，良好的语感、独特的视觉和从容的心态，是她能在短时间内引人注目的主要原因。天然的，几乎未经修饰的呈现能力，在桑格格的写作中随处可见，这使她从一开始就摆脱了所谓"诗意"的怪圈，让人耳目一新。

（张执浩）

  桑格格写诗，也写散文。诗写得漂亮，散文也畅销。在不同的文体中自由穿梭，是对语言能力的锤炼，也是对桑格格思维方式的考验。读她的诗，我不自觉地会引入画面感，或者换句话说，是她的遣词造句，成功塑造出了这层叠交错的迷幻。桑格格的诗关注千日菊、乌桕、落日，也留意山峦上的烟云、玻璃门外的蝉鸣。女诗人的细腻，缠绵在桑格格那里上升为平静，继而又转换成了对生命的叹息。

（小引）

  我是第一次批量阅读桑格格的诗歌，平心而论，是有惊喜的。桑格格的诗歌在我的阅读范畴里，是女性写作里少见的，在写作中消解甚至忽略意义的写作，她文字里呈现的现代意识，有一种难得的突破了性别特征的写作趋势。按这种写作趋势，经过自觉自我的训练，很有可能达到一种自在的写作状态，如果有一天真达到了自在的写作状态，那时的桑格格是更值得期待的。

（艾先）

无尘殿

最近去过三次无尘殿
第一次在深山里撞见
靠近无尘殿的路上
开满了千日菊,妈妈说摘点
我说好,但没摘。我不喜欢千日菊
高处有一树乌桕金灿灿
实在是好看,但是没法摘

第二次带朋友去,她说这地方真好
一重重山,覆满竹林
返回的路上落日挂在山头,霞光万丈
我们停下拍照,拍完了
目送太阳下山,我们再下山。

上次那树乌桕全部落叶,现在已暗淡

第三次,什么都没有了
千日菊、乌桕、落日
重重关山笼罩在浓雾中
只是白茫茫一片
这时候,有一只老鹰
在无尘殿上盘旋了两周
等我拿起手机拍的时候
它也消失了

云烟处

还在很远的地方
山只是蛋青色的山峦
我指着山峦上的烟云
说,一会儿我们去那里
你说这是真的吗

我笑，有什么真的假的
从这里到那里
开车最多一刻钟

可能是最后一声蝉鸣

睡前想了想
这一天做了些什么
心里有点愧疚
好像什么都没做
喔不对，白天走在
堆满梧桐落叶的路上
听到了一阵蝉鸣
那可能是今年
最后听到的蝉鸣

关于袜子的难题

头疼啊，不配对的袜子
各式各样的单只袜子摆满了柜子
它们在生活里怎么失散的
不可知，又无法阻止
拿它们一点办法也没有
我唯一可以坚持的
不穿不一样的袜子
希望在一次次洗涤的轮回中
让它们再次相遇

他从梦中来

他昨晚从梦中来了
让她跟他回去，过以前的生活

我说这是个好梦
她说不，在梦里他也不是真的
梦见的人不知道是谁
那个人说，我不是他
只是你太难过了
我变成他，来安慰你

安检

在机场安检
排在我前面的
是一对中年情侣
两个人都不高，偏胖
女的戴着白蕾丝大檐帽
不像是日常会戴的
到黄色隔离线
他们很克制地拥抱了一下
马上就分开了
男的进去，女的站到一边
她有点慌，好像才知道他要走
男的回头挥了挥手
女的低下头，可能流泪了
大檐帽正好盖住
我安检完了走进候机厅
又看见了那男的
他坐在椅子上
看上去很平静的样子

喝了一泡茶

下午，闷热
泡了一泡茶喝
滋味和以前一样

但又不完全一样
放下茶杯
在席子上睡着了
以为梦见了什么
想了又想
只是恍惚的片段
茶杯还剩点茶
端起来,一口气
都喝了下去

盛夏

落地玻璃门外
全部是树叶
蝉鸣密不透风
暂时没有鸟叫
风吹来,树叶摇晃
阳光闪烁。我不动
站在房间更深处
猫蹲在中间,看看我
又回头看看玻璃门
这是前几天的事情

缠绵

让我想起海螺内部
里面空气的走向
吹一口气
一步三回旋
能不能吹到
你的耳边
面庞、脖子
以及胸膛上

醉扶归

听一段昆曲
龚隐雷的醉扶归
听的时候,始终觉得
额头上方有一朵芍药
一瓣又一瓣地
缓慢绽开
是粉红的芍药
听完了,走出来
才猛然回忆起
这不是幻觉
桌子上
真的有一瓶芍药

说法

大家都在说,下雨了
我却在心里默念
落雨了,落雨
仿佛这雨是从老家那边
下过来的
因为落雨是老家的说法
不过,也应该是
几十年前的说法了
现在,老家那边
也不说落雨了
而是说下雨,下雨了
只有我还在默念着
落雨,落雨了
仿佛这雨
是从老家那边下过来的

仲春

在窗边看书
讲三十年前国营工厂
外面新绿一片
鸟叫得凌乱
人恍惚起来
叹口气,站起来
人要活这么久
不能什么都记得啊

雨中的花束

蒙蒙细雨
雾气中,走着
一个妇女
她怀中抱着一束花
花束在阴雨中
湿漉漉,十分鲜艳夺目
突然花束转过来
出现一张娃娃的脸
那束花,原来是娃娃
的一顶帽子

可怜的世界

噔噔噔,我穿着靴子走路
化雪的夜晚真冷啊
要快走,月亮突然出现
好亮,树梢那么黑
我快步走,月亮也急匆匆
看看这边,看看那边
又看看月亮,雪也亮

就我一个人看见这个世界
这个世界太可怜了
总是只有我一个人看见

大雪和竹子

前年就下了这么大一场雪
门口的竹子遭雪压断
每次路过那里
如果有人，我就告诉别人
原来这里是一排竹子
遭雪压断的
你们看，现在又长起来
这么说了三年
竹子长了三米多高
前几天又下了一场大雪
竹子又压断了

蜡梅

都二十多天了
这几枝蜡梅
插在花瓶里
开得还这么好
二十多天前
在吴山山顶上
有两个孩子
摘了几枝蜡梅
欢欢喜喜玩了一会儿
就扔在地上跑了
我走过去，把它们捡起来
带回了家

磕头

在泰安古寺
给菩萨磕头
磕着磕着
愣在蒲团上
我忘记了
磕到第几个

虫子想起后悔的事

深秋走在花园里
听草丛里的虫子叫
仔细听,它是这样叫的:
哇呀呀呀呀呀呀
稍微隔上一秒钟
又是一声
哇呀呀呀呀呀呀
虫子好像想起
什么后悔的事
想起来就叫
想起来又叫

新衣服

一件新衣服
挂在面前
这么的新
我看了又看
想了又想
要不要穿呢
穿了的话
需要洗

洗了要晾
晾干了要熨
但熨得再平
它也恢复不了
现在的模样

布鞋

前几天看到一个句子
"巨大的宁静犹如洁净的布鞋"
其实原话不是这样的
但我记在脑子里之后
就变成这句了
我总是默默在嘴里念
巨大的宁静
犹如洁净的布鞋
念完了，我决定去找布鞋
我也有一双布鞋

公用自行车

突然出现很多公用自行车
用手机扫码就能打开
骑上就走
好久没骑自行车了
我用手机
对准一辆自行车扫
咔哒一声
自行车仿佛复活了一样
站立在面前
还有点不敢相信
从此刻起它属于我支配
推着走了两步

顺着惯性,坐了上去
才开始蹬了一圈
我就相信了
骑自行车看见的风景
和走着以及坐车真不一样

得意的喜鹊

有一只鸟
可能是喜鹊
站在自己的窝上
(这很明显是它的窝)
那个窝可了不得
特别大又特别深
往下蔓延至
三五个树杈
我想了想
算是见过最大的鸟窝了
那鸟也深知这一点
站在窝上洋洋得意
有点太得意了
风逆着吹散它背上的羽毛
它别过头来
矜持地啄了又啄

延误

送我妈到机场
航班是经常延误的
消息一播送完
每个人脸上都露出沮丧
只有我妈
何安秀女士

兴高采烈地说
又可以和你
多待一个小时了

珍珠耳环

她先在窗边化妆
化好了
戴上一对珍珠耳环
躺在沙发上看诗
耳环垂在脸庞上
外面有一群人
在打德州扑克
筹码扒拉得哗哗响
她翻了一页书
再翻身
耳环垂向另一边

病茶花

有一树茶花
不知道什么品种
开得太繁了
花朵掉一地都是
让人好心痛啊
摘了几枝回家
看着好好的
结果第二天
花又掉在瓶子周围
仔细观察了一下
这种茶花
不是一瓣一瓣凋谢的
是整朵花从花芯的部分

完全脱落
像是一种病

鸟叫

凌晨五点五十五
突然就开始有鸟叫
在北京在广州
都是这个时间
前后可能差一两分钟
开始有鸟叫
经过一个完整的通宵
我确定，杭州也是
你有没有想过
原来我等的是鸟叫

诗选本

Selection

梁文昆　文康
０３８／０４３

薛松爽　李小洛
０４９／０５４

一度　泥巴
０６０／０６４

严小妖　晶果星
０６９／０７４

向晓青　华姿
０７９／０８４

李鲁平　丁东亚
０９０／０９７

郑在欢　王天武
１００／１０４

魔头贝贝　叶青
１０７／１１３

向天笑　于海棠
１１７／１２２

张一兵　理坤
１２５／１２８

蒲丛　卓尔
１３４／１３８

黄定海　焦典
１４３／１４８

杨依菲　汪峰
１５２／１５７

卢圣虎　王清让
１６１／１６６

李文锋　李路平
１６９／１７２

李茶　李郁葱
１７６／１８１

梁文昆 的诗
LIANG WENKUN

母亲从不说爱我

当我在纸上
写下：
我爱我母亲。
我母亲
不识字，她用一直
活着
回应我

清晨

清晨，一束光从窗帘后面
钻进来，照亮了我被子外面的脚趾
我没有动，我喜欢这种悄悄
被满足的感觉：仁慈翩然而至
幸福爬上我的睡衣。我的脚趾
是率先幸福的脚趾。

大与小

小时候，
我总想写大字，干大事
做大人
去一些大的地方

现在我不会了。
我渴望小，变小
看小蚂蚁

听小情歌
过小日子

我再也看不惯大的排场
和事物，也做不了
大的梦
悲痛时，也发不出大大的哭声

我养的猫总想出去

我养的猫总想出去
每一次挠门，我都训斥它
它的世界只有我
和家里的物件，如今它厌倦了
突然爱上了屋外的生活。
今天，我养的猫
被一个叫做好奇的东西砸中了。
它总想为一小块自由出去
一如我总想为一小块自由回家
我们变成相互羡慕的一方
现在，为了各自的愿望
我们彻夜不睡
闻对方的气味，舔自己的脚
黑夜睁着眼睛
我和我的猫，固执地反反复复
出去又折回，一扇虚构的门
让我们深信不疑

事件

隐身是怎么回事？
一个昨天还在聊天的朋友
微信还在
今天却不见了

雾霾中的十二月
没有征兆，天空静得
出奇，他不在这里出现
一定在某个地方出现
我不用喊出他的名字

隐身就是这么回事
一切不可预料，踪迹无可查询
一个对我来说重要的人
用虚无向我打了个响指

为什么要活下去

我还有忠诚，它在结婚证里
我还有爱，隔壁睡着我的儿子
我还有未了的心愿——写一首很棒的诗
我还有没见到的人，他住在另一个城市的
一间旧房子里

我会活下去，我爱吃卷心菜
还有酸牛奶，我还想穿更多的棉质裙子

我会活下去，我对自己说：
我能保持身体的清洁也能保持灵魂的自由
我能忍受住孤独，像世上
只有一个人一样

我会活下去。

绾

我喜欢把头发绾起来
是因为
向下的东西太多了。

向下的落叶，向下的灰尘，向下的风
向下的泪滴……

都在向那片黄色的土壤里去

还有向下的食物
向下的乳房，向下的手臂，向下的指尖……

啊，向下的东西太多了！
我必须把头发绾起来，好让你知道
我低低的一生
也是固执的一生，是可以弯曲的一生。

周末，装一装

天还早，吃过午饭
来到马路上溜达
我是个闲人
却装作，有心事的样子
我太需要装一装了
平时太拘谨，激烈，带刺
直接，不懂得圆滑
我太需要装一装
成为另一种样子
成为大家都喜欢的样子
装装高兴
因为它们平时很少
装一装酒鬼
我还是太矜持
装一装孩子，装一装老人，装一装疯子，装一装病人
这还不够，最后我竟然装起了狗
汪汪地叫，装起了羊，把自己
围在了羊圈里。
我装着装着就哭了

装着装着就分不清
哪个是自己
我不喜欢这样
可他们喜欢
他们经常按住我的头,训斥我
让我装
我打滚,撒泼,干嚎时
只有天上的星星,看着我
树上的叶子看着我
就像此刻,尽管那么多路人看着我
但我不装,不足以像一个
正常人,不装不足以厚颜无耻地
行走在这条干净的大街上

黄浦江边

一个人独坐,看不清
远方。哦,这绵延的,流淌的虚无

一往无前。不远处,大卫和路亚
在聊天,歌手对着江水唱歌

旁若无人,他眼前的空白
仿佛站着一个立体的知音

我独坐至深夜,看着那么多人
走过来,又消失

——江水依然滔滔。
——星辰没有出现。孤单
在黑暗里打着回旋。我也将离开,不会再来。

此时突然出现的空旷
是另一种无言。

文康 的诗

WEN KANG

冥想

我现在很远
很下面
我常常冥想
有一根绳子
从朋友那里吊下来
我时不时
可以顺着绳子
爬上去
看他们在干什么
然后又顺着绳子
梭下来

看看街上的药房就知道人心

买药送大米
送清油
送洗衣粉洗发水
电饭煲电烤箱
如果你能把一药房的药
都买回家
估计会送你一辆汽车

苦涩的母亲

母亲最近
很不好了
我说的不是她

走下坡路
这
从她老就开始了
我希望母亲活过八十五
现在母亲八十六了
只是刚过我的底线
我希望母亲活到九十
这样我会很有成就
但看来不乐观
她现在靠药养着
活得比较没有质量
我分不清
那些药
是在减轻她的痛苦
还是增加她的痛苦
母亲这两个字
在我心里
变成苦涩两个字

女儿太爱我了

她最希望
最高兴的就是
我做自己喜欢的事
每次打电话问我
在做啥
我说在写作
在读书
她的高兴就溢于言表
真好
你可以做自己喜欢的事

最近我要和朋友
开店

她开始担心了
这意味着
我要做一件自己
不喜欢做的事
更意味着
我可能做不成
自己喜欢做的事
每次打电话
她都问
你会不会很累
很操心
压力很大

早晨

拉开窗帘
叠好被子
这是每天起床
都要做的
你不会想到
这个动作
其实等于
你每天把挂在墙上的
日历
撕去一张
你也不会想到
挂在墙上的日历
其实就是你的身体
你每天撕的
是你的身体
撕掉一点
就少了一点
撕完了
你就没了

空气做的钟

我先想的是
有一口大钟
在落下来前
我们钻进去
这样就与世隔绝了
我们在里面
自成一体
自给自足
后来想到有缺点
阳光进不来
空气也有限
应该是
用空气做的钟
把我们罩在里面
又不缺什么

某某

当年是税务局的笔杆子
据说还在写长篇小说
后来找了个
没有工作的老婆
老婆在街上摆摊卖衣服
他也就变成了半个卖衣服的
只要有空他都守在老婆
的摊子上
我这次回来
看见他眼镜背后那双眼睛
完全是一个服装小贩的眼睛
我想
一个人如果找了一个
卖衣服的老婆

他的这一生也多半
就像某某一样
在一个小县城
守一个小摊子

四季豆

那对农村来的
小夫妻
干枯得不行
他们一定来得很远
在泥土的掩盖下
他们背上的孩子
几无生命的迹象
说他们一身泥土
是不对的
你得说
他们是今天早晨
刚从地里
把自己刨出来的
相形之下
他们用蛇皮口袋背来的
四季豆
鲜活得多
那种翠绿
遮住半边天

两元钱一斤
搂着称
这是他们唯一的要求
我不知卖四季豆的钱
够不够他们来回的路费
如果他们还要在城里
吃一顿饭

豆腐美女

美丽
忧郁
与她身处的一切
格格不入
有时像卖豆腐的
有时
面前的豆腐
像与她无关
她那么忧郁
像是不得不坐在那儿
我都不知道
是忧郁使她美丽
还是美丽使她忧郁

每次我走进菜市场
什么都不买
只卖豆腐
今天我实在不需要买豆腐
我围着她的豆腐摊子
转了好几圈

薛松爽 的诗
XUE SONGSHUANG

白鹭

秋天的栾树顶部泛红
白鹭有时会落于枯枝。
我去宇博花园小区送别老同学
他晚上脑干出血，只言
片语后，逝去，年48岁
留下一家人在世上恸哭。
青春期我们在宿舍各自的被窝自慰
大学时通信探讨理想未来
他做了法官，骑着摩托去调解，喝酒
我想起晚上散步时遇见他和老婆散步
上班时的整饬制服，聚会时的戒酒。
白鹭在泥淖里被风吹翻羽毛
偶尔的一个敛翅，一次饮啄

婴儿国

每一条灰白道路挤满了婴儿
婴儿光着身子奔跑，笑闹
公交来去，玻璃，车顶，轮胎
都是一个个婴儿圆滚滚的面孔和头颅
他们抱着奶瓶，噙着奶嘴
连梧桐也哼起温婉的谣曲
青色树干上爬满了婴儿，嘴唇粉红
他们不成长，不老去，不死亡
他们是一串串永不凋谢的花朵
候车室空旷。一个个婴儿，踩着滑轮车
拖着一条的腿，一只的眼，半片的脑瓜
朝着空空的座椅，飞来飞去
乞讨，不停作揖，磕头，跪拜

年月日

某一年,大雪天气,我的母亲
忽然要到一个地方去
她收拾了衣物,带上一大盒点心
就上路了
走出枯枝密布的村子,一个人
走进了旷野深处
整个世界联结一起的雪
被母亲剪破了
她的身影像一只鸟
在雪地上留下脚印
白得刺眼的雪吞没了她
是不是由于她的这次雪地远行
才最终导致了她晚年的不绝病痛?
才打开赞美诗的黑色封皮
不停低头,哼唱,忏悔?

细雪

三年了,我们又一次
并肩走在初春的香樟树下
窸窸窣窣,看不见的颗粒自枝间坠落
为了女儿,你跑遍了全国的大医院
比我小了十岁,白发比我还多
成年后我们很少有一起的时候
走在一起,也没什么可说
三十年前,我抱着瘦弱的哇哇啼哭的你
在暮色中来回悠荡;二十年前
因你说脏话,一巴掌将你摁倒在泥水里;
十年前,你从南方回来,已
有了一张父亲年轻时的面容
春天里会有更多的叶子落下
新叶从灰色枯叶中挤出头来
它们要接受一轮轮春寒的清洗

有指肚大小的嫩叶跌落，粘在黑色地面
有白色颗粒在手掌融化
而最细小的会穿透骨缝
凝结成我们骨骼的一部分
衰老常常会显示一种崭新面貌
就像大理石基座上婴儿的面孔浮现

创造新词

创造一个新词类似于
创造一个母亲
你如何从人群中辨认出新的母亲？
也许她是一个小女孩
背着书包跳跃着去上学
也许她守着一个菜摊
抠去菠菜根上最后一块泥巴
而我知道我的母亲并不在这里
她在一个病院，穿着纯白的衣服
她给一位癌症病人换药
敷好胸部的纱布，她并不离去
低头朗读一首我写的诗歌。
是的，在母亲最后的日子里
我每天踏上这样白色宫殿的台阶
但仍没有学会写诗。
在她逝去五年后，我忽然会了
并且创造了一个新词：病院
现在，母亲就站在这里
朝着一个个有病的词
伸出了新鲜的手指

最后一个洞窟

参观完最后一个洞窟。我们出来
头顶的阳光仿佛淡淡的蛛网

但足以给我们头额镀上一层辉光。
坐在那块完整的岩石上，显得安心
这样完整、粗朴的岩石，在
我们的国度，已经不多了。
它，也许等待着，最后的雕刻
也许，这样的时刻，永不会到来。
最后的洞窟内，那失去头颅的身躯
已经颓坏，状如侏儒。
等待雕刻的可能一直是我们
经历了那么多的斧钺、风雪
衣襟的纹路、额头，以至
血液，都已经改变。
灰色云层有刻刀的闪光
也许那失去的头颅会重新归来。
我们起身，下山，如石头的碎末
整面山崖的洞窟已隐入了混沌的暮色

蜡烛

没有一根蜡烛
从宋朝点到明朝
也没有一部史书
讲尽一个种族的历史

有一种蜡烛
在白昼燃烧
照亮了是怎样的面孔？
有一种史书
在种族结束后持续
写下的是怎样的历史？

有一支蜡烛
它照亮了一张书写的脸庞
也最终点燃了这一册册的书籍

脸庞也会燃烧
留下不透明的烛泪
它通体纯白
艰难地燃尽
在纸页上留下一撮灰烬

李小洛 的诗
LI XIAOLUO

讲述

上帝,他永不会
向我们讲述他所知晓的事物
他总是答非所问
回避我在信中提到的问题

他的屋子宽大而阔绰
访客和内容每一天都是新的
他总是很忙,总在敷衍
留下的联络方式也有假

我们住在他简单的城堡里
用着疲惫的躯壳和身体
在彷徨的路上,偏右或偏左
总是轻信,易碎

上帝永不会把他看到的结局
戏法和套路,告诉我们
也从不会梦见,暗示我们一些什么
菩提树长在大路的哪一边

他总是笔锋一转
岔开话题,不写出任何有效的答案
他拄着两只拐杖
却不知道我们在哭什么,笑什么
正在说着什么

他也永不移动他的大海
拔出他的木钉,折断他的绳子
他永远不在我们安静的祈祷里

带着他的岛屿,他的火

在黑夜中坐着
他永不后悔,他也永无过错

真相

也许这还不是时候
也许应该像往常一样
走在队伍的最后面
把看到的和想到的,都沉默于心

有一天,总会有一个目击证人
说出现在这一切
说出你汤勺上的苦
说出壁橱里藏匿的毒品和烟瘾

会有一个唱着哀歌和歌谣的人
来旋转时间的分针和秒针

会有人给你真相
说出潜伏在镜子背后的那双手
说出你要寻找的三支箭
爱、南方、火药和指南针

沉默者

并不是每个人都能保守秘密
并不是每朵花都能在春天接近完美
你不能从我这里得到任何馈赠
客人或幕宾,都不能

现在,每天我都要抽时间
去那些空了的房子里看看

但已决定不再开口讲话
简单的招呼，问答，也不会有了
我要让这一切成为习惯

如果不需任何努力就可以变回一株菠菜
如果可以选择两种方式的生活
我就选离你最近的一种
停下来，不再生长
一直沉默，一直病着

潜伏者

其实已经没有什么秘密
天空早已将一切看穿
洪水在七月总是比人更高一筹

我在洪水中潜伏下来
在每一个可能的时刻
夜里也不浮出水面
梦中的一些奇遇，梦中
渴望得到你的胭脂和菩萨
其实是为了来生相见时
能有一个醒目的印记

风也早已失去了力和速度
还有什么可以炫耀
从孤岛返回，那是一次难忘的旅行
没有摄像师、灯光、舞台
没有变魔术的人
我再也回不去了，再也不能回去

最后的审判到来之前，活着或死去
我都将保持沉默
一旦开口，就什么也没有了

低语者

到底怎么了
为什么连我自己也不知晓
大雨一直下
你最关心的
新一轮台风,就要登陆

服了镇静剂、药
还是失眠
那即将到来的洪水
新的洪水,真的就要来了吗
左眼不停地跳
右眼还有一些隐私,不可言说

没有人比我更迷惑
也许,还需要一间教室
引我走出这迷途
潮水在蔓延
看不到庄稼、庭院
我也看不到你的树木
你园子里的瓜果

旅行者

至高无上的神也无法说服我
没有人能比台风
说出更多

有一所教堂,离你很近
你在一片大海上住着
有时候我会把路上见到的陌生人记下来
说给你听,有时候

连我自己也不知道
谁在那里漂着

没有一丝风吹过什么
也许,并不需要有一丝风
来打破什么
有一副枷锁,我仍然愿意
随身背着
走到哪儿,就带到哪儿

有一些事物,蛊惑了我
但是,我推开窗
转身,我就将房门紧闭
虽然,并没有人要从这儿
抢走什么
并没有人,抢走什么

夜行者

不知不觉,过去这么久
不知不觉,天亮了
公路上有那么多的
事发生

医院走廊的灯,彻夜不熄
病人将病房挤满
你来过
但很快
你又成了下一个

我必须告诉你
你不必从这里学到什么
也不能以医生的名义
告诉人群什么

终结者

你这么做了
你去询问过很多人
但最后,你还是这么做了
你用钥匙
打开两扇门
一扇通往左边
另一扇,还是向左

一度 的诗
YI DU

对抗

我的一生,都在积郁中
沾染对抗的坏习惯

如今,这些对抗过的事物
一起来反对我

就像墓碑反抗无言
没膝的小径反抗落日

瘦骨和枯死之间
选择合适的词,用于虚度

如何在瘦骨里找到病马?
在枯死中反对草木轮回?

黄昏的另一种描述

其实,我描述过的黄昏
无外乎废弃的木材加工厂
无外乎枫树老去
它将新的一天归还给路人

另一个黄昏,新的厌倦
到来之前,我要读完
耶胡达·阿米亥《人的一生》
"人将在秋日死去"

笔直的铁塔曾给我安慰

而荷花里，究竟藏着
多少尘世的欢爱？夕阳下的垂柳呢？
仅仅练习它的忍耐和承受？

黄昏的花园，新的孤独长出来
像背脊上露出的鱼刺
病榻前，它提醒我
废弃的身子，有时是无用的

她不间断地递给我新的药丸
给我治愈的山水。
给我喉咙里永不消化的夏天
和不可到达的亭台。

傍晚，收到远方的回信
她在信纸上空着
像少年时的蓝天空无一物
像镜中的菩提空无一物

三十八岁，如何面对垮掉的一半？
我将继续做个孝子
戴着父亲的王冠。继续做雷电里的胆小鬼
盗出青蛇的苦胆

夜色绕满双膝，故去的父亲
也趴在我的膝头，他将初中课本
倒背如流，我多想继承他娓娓道来的孔孟之道
父亲呀，我多想流泪，清洗这猪油蒙蔽的人心

一周记录

我写下，星期一，晴。
阳光穿透竹林间隙

星期二,雾霾严重
弯腰钻进地铁站的人,好像都消失了

星期三的夜游症
耳朵像枯树里浮现的小提琴

星期四,至少有一天
写作,做自己的敌人

星期五,远眺的亭台都是空的
古树里读到的隐喻,像多余的旧山水

暗夜

我从不在暗夜点灯
从不在木柴边
哭死掉的桦树和梧桐

不在穿过的镜子里
读过去的回信
不再反复修改自己,然后毁掉

"我去过很多地方,但我
只遇到过很少的我们"①

只有抬头时,我才看清
额头处的灯盏
尽管它微弱,似病牛塌陷的眼睛

①出自美国女作家卡森·麦卡勒斯《心是孤独的猎手》。

江水

江边散步,远山辽阔
江水从容,此刻宁静
让细微的事物着迷

我正好读到:万物悲怆
皆有风情万种的脸
万物还应该有深埋的心

时光

每天清晨,我都到桃树下
埋下一块表
傍晚,就在学校听一次钟声

每年春天,空地里的表
敲一次钟
楼顶的钟声,也会慢下来很多

泥巴 的诗
NI BA

对话

晴天,有薄霾。光不那么鲜亮
街道上洒落了一些梧桐的叶子,扫地阿姨
没有来,她的男人代替了她
对于相互熟悉的人来说,职业没有高低
她曾经问我,何必那么急?孩子学不进
又不是你的责任
我也问她,何必那么急?树叶落下来
又不赖你

与谁人书

地铁口来往的人流
被车灯投影在对面的墙上
那么多
形形色色的微妙表情
都被省略成轮廓和它的填充
仿佛内心剥离了身体
直接在行走。一团又一团
停顿了一下,然后迈下台阶
相距几个身位的交错
被压平在墙面上,成为一个拥抱,
比你能想到的
所有相遇都更彻底,
仿佛是真实的
有那么一秒,我们宛如一体

鸟

我看到的鸟都在低处
这让我怀疑,
在天上飞只是它们偶尔的样子
我看到喜鹊在树上筑巢,斑鸠在草丛踱步
麻雀在路面上蹦跶
更小的鸟,我叫不上名字
在修剪成球形的冬青枝杈间跳跃
那么小的缝隙,
也足够它们用不像飞的飞在飞
还有一只长着蓝眼窝的鸟
落在草茎上把它压弯,再落在另一根草茎上把它压弯
这才叼起一条小虫飞到树上去进餐
而那棵树也很小,它站着的枝条离地也就一米高
你看,我说出了我看到的鸟
它们明显不属于天空,
就像我只属于离地三米的人间
没见过大鸟和大人物
即使睡觉时要回到十二楼的某一张床
也并非展翅飞到云雾里,
只不过是一小片地面尝试踮起了脚尖

水珠挂在电线上

水珠挂在电线上
风一吹
它们就推推搡搡
失去了整齐
它们的透明身体
在电线和大地之间拔河
吸附作用
渐渐抵不过命名为万有的法则

但它们看起来都很不舍，
努力拉长身体
仿佛注定驱赶到广阔天地的孩子
梦醒前
还咬着贫穷的奶头

十月三日，与摄影老友重逢

两年了，
或者是三年，我都没有出门，
你感觉到我的手艺生疏，忍不住
要加以纠正。我没告诉你
我的窘迫是由于钱还没有拿到就已经有了去处
因此不得不过一种更加安静的生活
来平衡支出
你比我宽裕，这也包括阅历和对美的判断
你更计较颜色和光线，
而我还停留在模特的肤色和身段。
但我们都不准备再和谁谁，
交换微信和电话了，
这代表曾经的热忱已经黯然而退。
你有些不耐烦的时候
我正站在种植菊花的暖棚里不知所措。
那些重复的植株中
一定有漂亮的部分，还没被发现
这和这么多年，
我热爱人群却无法加入他们，
是一样的情形。
我从一畦花朵走向另一畦，
苦恼于拍不出一张作品。
你且再等等，老哥
这些逡巡不定，恰恰就是这些年
我与世界沟通的主要方式。
我会逐渐接受自己的笨拙与失败，

然后在午餐的时候
变回那个大口吞咽汤汁、争着排队付款的男人

止水篇

平静之下，
有细微的潜流。我承认
我寄托的
正在这些细微之中。纤小，有着
曼妙的陡峭
我有时沿着它的坡度飞行，有时
把它折叠熨平。任何时候，
都拒绝说出事实：我拥有一小团喜悦
和它表面广大的平坦水面
小团的是真切的，一大片也是确定的
矛盾的一体两面：
面对人群和靠近你

蓝水母

这一次，我可以慢点说话
对，慢。你看它，
那只蓝水母在这么长的时间
只呼吸了一次
只移动了一步
甚至可以更慢，像那只蓝水母那样
忽略了所有的时间
它是地球上最老的物种，拒绝
任何理由的进化
满足并享受着自己的简单
别的物种一遍遍地出生，长出鳃，
长出鳞，长出尾巴腿和翅膀。然后
因为不够好

再一遍遍地把自己毁灭
而蓝水母始终如一，
顺从自己，顺从海洋
保护着一丛刺、一点毒和些许光辉
它们曾经是无法形容的
直到我们诞生，创造出透明伞
水流推进器和塑料袋

严小妖 的诗
YAN XIAOYAO

转圈圈

妈妈，你拉我转圈圈嘛
一圈，两圈，三圈
晕乎了你就抱着我的大腿傻笑
我把你抱起来，亲了你一口
你挣脱我，下来，又开始转圈圈
又抱我大腿，我又抱起你亲
就这样反反复复，如果你正好路过
一定会感叹：
她们已经拥有了世界上最高级的快乐

老公的精子

小小
圆圆
细尾巴
白天羞答答
才入夜
就从浅白
到浅红
再游到深红之巅
我迫不及待
用手握住一颗
要哭了
这是未来儿子
好单纯的
小模样

强迫

老严老严
我有件事情
要告诉你
刚才小朱在教室里
跟班上同学说
上次他送你的那幅画
旁批那句
严老师是世界上最美的老师
是你强迫他
写上去的

甜甜是个好姑娘

是甜甜最先发现
我有了此生
第一根白发
她立马从我头上
把白发拔下来
掉头就跟别人说
这是严老师的白头发
严老师的白头发哦
先是语文组
然后全校
我今天这碎花裙子
算是白穿了

孤独

小妖在河边
洗孤独
白花花的孤独

很遥远的地方
也有一个姑娘
在河边洗孤独

她洗得比小妖认真
孤独也
比小妖的好看

念念不忘

欢喜一个人
就做饭给她吃
陪她踩村头
清凉溪水

没有月亮的晚上
勾紧小指头
不让风
从两人中间
荡过去

不欢喜了
就把她给别人

吃别人家的饭
睡在别人床上

飞蛾和我

门紧闭着
上了锁
很安全

我想写一首
简单
童真
有趣
的诗给你
飞蛾在屋里
来来回回
并没有飞出什么花样
只是觉得
很安全

喜悦很小

喜悦很小
只能
跟喜欢的人分享

遇土则长
遇水再长
给一耳光还长

长那么高
了不起啊
早就已经不是
讨我喜欢的模样

除非它是一首好诗

往前走了两步
退回来三步
多退的一步,是诗意
我不写
检票员说

你的票为什么比别人硬
是诗意,我不写
姑娘又问出了
大拇指为什么没有其他拇指长
是诗意,我也不写
我最近对诗歌的态度是
除非它是一首好诗
不然我不会写出来

晶果星 的诗

JING GUOXING

涂上了颜色的叶子

这天我往叶子上涂了颜色
淡蓝色的,像薰衣草
不再空白,附与了生命的美好
能像它这般美好就好了
填满小小的爱

哭泣的骆驼

神的话语交与伶长,
借由风声琴声歌声,
唱与生灵,
晓谕众生爱子如己,
恒久忍耐又有恩慈。

反对排比和比喻

困在窗台外的蠢猫,
偷嚼红烧肉的蠢狗,
读荷尔蒙诗人谈话的蠢女人,
非常自然地用了荷尔蒙诗人
反对的排比和比喻,
不为超越也不为生死。

洗脸

每天都要把脸洗干净

面对镜子
你最在意的是什么
鼻上的黑头
脸颊的斑
眼袋和黑眼圈
面对绝境故作坚定的眼神
倔强的嘴唇
还是无染尘埃的灵魂

肉与骨

骨与骨之间
是一层薄薄的皮
肌肉稀少
脂肪是什么

中指与拇指环绕
可以握住手臂
还可以往里收一点
盖住指甲

A4腰是什么
有小指与拇指打开宽吗
胸还在
没有缩水
终于摸清锁骨的整体结构

80斤是几岁小孩的标准体重
嗯我比他多一点
也不多
一个西瓜的重量
或许没有

现在的人都不会放风筝了

天兴洲的沙滩和江岸
是连在一起的
看不出来是洲
江船慢慢划过
风筝在天上飘

现在的人都不会放风筝了
几位老人坐在江堤上
不仔细看不会察觉
他们是在放风筝

原来放风筝可以这样悠闲
好似我
坐在这里
什么也不干
听风
看船

我俩永隔一江水

我将自己放在清江
漂啊漂啊
不知漂到哪里去了

原来清江是暗河
在某个地方江水下沉
眼前是一片幽暗昏冥
却又浮出水面
如此往复
不知其时

最后江水沉入地底
所有的情感过往
也都沉入地底

无人拾起

拖鞋上粘了一块纸片
娴熟地把它撕下来
像撕一片狗皮膏药

是一块钱纸币
无现金时代
它就像上世纪的破烂
躺在沙发边
好几次被看到
都没有想要捡起来

翻转的大巴

破旧的村镇
一群人等一辆
几小时一班的大巴
大巴载着人
开往山的对面
途中
车厢开始翻转
天变为地
地上涌满泉水
天空如镜
车上的人绑了安全带
安全带伸长拉扯
将他们拽回原位
城市开在山间

市中心有一座美丽的喷泉
车上的人走下车
认真地打量这个世界

你是我的爱人吗

脑袋里一直出现一个声音：
"我的爱人在清溪水库！"
"我的爱人在清溪水库！"
于是，去了清溪水库，带着邱妙津
没有走之前走过的那段路
在水堤边坐下
水鸭朝我游来，叫唤
"你是我的爱人吗？"
一个男孩在左侧不远沿堤坐下
轮廓清秀且年轻
"你为什么坐在这里？"
"你是我的爱人吗？"
邱妙津读到102页，男孩离开

向晓青 的诗
XIANG XIAOQING

被遗忘的悲情主义

夜深人静时
摇一摇关节的缝隙
少时的悲情主义早就沉默寡言
发出声响的
还是多年前吹过的风雨

长久积累下的疼
已然钙化,瘦成一根骨刺
在幸福涌上高潮的一刻
猛然扎了下来
而你不再轻易感到绝望
也屏蔽了少时轻生的念头

活下去,活得再好一点
正如写
是穷其一生
你都不愿停下的意志

必修课

在双腿退化之后
重新学习行走
放慢步履
缩小两脚间的距离
先在平路练习
再尝试上坡下坡
抬腿的动作不宜过大
弯膝的幅度很小

如果历史被压在地底
蹲下来，兴许能离它近一些
而自由在高处
需要跳，需要飞

表白

即使在阴天
也能找到明亮的事物

从冒着寒气的草地
捡起一片银杏叶
它比挂满花纹的蝴蝶轻盈
比年轻人的肺干净

它发出的光芒
够我取暖
它临终的安详
让我想起月亮穿过乌云

阴天

没有阳光，没有雨水
也没有你的笑容
沿着街道缓缓地走
没有什么能使我停下来

很快，不到明天，我就会遗忘
这一小段速度递减的时间
它空无一物，不曾受过
半点伤害

我在失去什么

风最先变冷,用它的软
撞击我额头的硬
雨还没落下来,我就慢慢等

听——空气中细小的
水珠子摩擦着
犹如尘肺病人微弱的嗓音

我是否也曾那样拼命
对注定发生的疾病一无所知
对陌生的失去,讲不出道理

雨终于被风掸落,用它的湿
擦拭我眼睛的枯
人间太脏了,我期待大雪纷飞

雨,是雨

下雨了,雨来了
当天色暗沉长达数小时后
大量的雨泼下来
冲洗着近乎凝固的空气
雨水茫茫,并不清澈
其中夹杂着电闪雷鸣
以及我识别不出的众多
天外来客
相比刺眼的光和震耳的声音
这些"客"谦虚谨慎
以至于微不可见
我避开雨,不让雨落在身上
就像躲掉不祥的征兆
但口渴的意识发出提醒

经年累月，是雨水和它的同类
滋润我，延续我
它们来了又走，走远了又回
不管我爱不爱任何一场雨
它们都不会因我而啜泣

从买菜说起

逛了一早上的菜市场
瓜果蔬菜摆放得整整齐齐
如此丰盛，犹如精致的艺术品
我不知道如何挑起
它们已不属于田野的原配
再高的颜值和营养宣传
也诱惑不了饱经磨难的胃口
历史一年年传递下来
很多东西发生了变化
人类始终在寻找宇宙万物的答案
的确，他们逐一破解
只是人本身
就是最大的困惑，最深的盲区

天空的记录

在路上走，习惯望一望天空
蓝天白云是辽阔的背景
上面粘贴着许多隐喻
我把眼光投向简洁明了的东西
比如高空的飞鸟
像黑芝麻一样被风吹远
近处，有数片脱离枝干的树叶
打了几个转身就落回大地
时间久了，天越来越空

我想起MH370
想到自己经常做梦
像孤魂一样徘徊在银河系

区别

每天醒来,你抓着我的手
拐进那个熟悉的地方
我像是替你握住
充盈的瞬间
又像是稳稳扶着
彼此无法交换的孤独

这一日胜过一日的硬
谁也不能连根拔起
你有你的筋疲,力尽
我有我的心慈,手软

华姿 的诗

HUA ZI

他们

他们在这片田野上
走来走去
走了一生,最后
都走进了土里

在这个喧嚣的人世间
"有的为尘为土
有的镀金歌颂"
但他们说,这并不是真的

凋落

最后一片叶子落在地上
这棵树,在日落之前
成了一棵枯树

为了把叶子送至高处
这棵树,曾竭力向上
直至夏日结束
像一个写作者
为了把虚构的人写进历史
埋着头,耗尽一生

此时,我正从昼步入夜
我母亲正从生步入死
一滴痛苦,真的只有一滴
从她眼眸闪过,并消失
像一滴雨,还没落下,就被吹走

她曾经徒劳
我依旧徒劳

可我,还是要在这里
陪她度过这最后的冬夜
并在日出之前,写下她的名

这是我必须去爱的夜晚
这是我终会离开的人间

鲁朗

明明天天想你
却渐渐想不起你

那雨滴的颜色,云涌的声音
柏树下蓦然闯入的黑暗
黑暗之上围观的群星
那穿过夤夜奔跑,被美所宠溺的男子
那沉默着,叫醒黎明的女人
全都想不起

夏日已逝,夏日已远
又是衰退的一天
白昼的火焰下堆满灰烬
我闭目凝神,幻想能望见
你的雪山、花海和白云
但我望见的,唯有某一刹那的回眸
和某一瞬间的心动

至于那某一刹那,究竟是哪一刹那
那某一瞬间,又是哪一瞬间
也已想不起

冬天很快就来
冬天很快就去
我这一生，也是如此

刹那的回眸，已用去半世
瞬间的心动，尚可度余生
即如此时，在珞珈山的夕阳下
我喝一杯苦咖啡，嚼一粒枯豌豆

消失

立冬以来
进入梦里的人，越来越少
离开人间的人，越来越多

死等于消失吗？也许并不
他们死了，却并未消失
白天，他们在我心里往来
夜里，他们在我梦里出入

但你不说消失。你只说离开
你在那边喊，我在这边笑
中间隔着一个巨大的暗夜

然而，这并不意味着
消失没有发生。从梦里到梦外
我从未拥有一秒，却已失去万分

像日落
像冬末的早晨，日照残雪
像中年之后，不论怎么走
我走的每一步，都是下坡路

7月某日在拉萨

他们只看松石、蜜蜡和唐卡
只看戴巴珠的女子
和脸颊黑红的少年
我要看云,看水,看群山
拉萨河从拉萨流过
我要看河边的朝圣者
和你粲然一笑的脸

请给我西藏的红和西藏的蓝
请给我西藏的山色和湖光
不,请给我西藏的爱

请允许我先走
我要赶在牦牛之前穿过针的眼
神的话语,是我今天的茶和盐

纳木错

像死过又复活
像旧我里加一个新我
像未经出生就变成婴孩
纳木错,被你惊醒之后
我的身体再也配不上我的心灵

回眸像一道闪电
照见凌晨三点的孤单
想念在脸上留下痕迹
仿佛从未离开,从未改变
但从未改变的只有真理

谁见过黑颈鹤、雪雀与山鸦
谁认得火绒草、贝母和雪莲
我只想牵一头野牦牛散步
只想亲手摘一朵黄金菇

可以在纳木错上种麦子吗？
或者种棉花
过去了这许多年
我最喜欢的植物还是庄稼
最留恋的风景仍是农田

越纯的灵魂越不敢碰触
纳木错，如果再也见不到你
我就凭空种一株高山杜鹃
天寒时把叶子抱紧
地冻时也把叶子抱紧
即如今夜，在冷风刮过的武汉
我把自己抱紧

梦见母亲

母亲在走路。
她从河坡走到台坡，
从后门走到大门。
然后背对着我，淘米，喂鸡，
晒棉花，晒豆子，
晒多年前我写的一册薄书，
像晒一片残雪。
有人路过，她就招呼，声声欢喜。
但她的脸始终不清，
好像头上戴着一朵乌云。

母亲正迎着落日回家。
她背对着我，快步走着，

仿佛要摆脱迅速逼近的黑夜。
她瘦小的身影,像一个孤儿,
太阳悬在她的头上,宛若冠冕。

风吹麦浪,也无声息。
群鸟掠过,也不啼鸣。
人间如此安静。
母亲戴着她的冠冕走着。
满天落霞犹如一场晚宴,
母亲就是赴宴的人。

8月8日,在青海想湖北

大雨即将落下,或已经落下
谁听雨,谁就会想起往事、故人
或命运额外的馈赠

比如,棉花开了一朵
看田的人报着喜讯,有如报着福音
他拄着裂开的竹棍,边说边走
他紧跟着落日,直到走进土里

天色已晚,大雨必将在远方
把这个薄暮擦亮,把田垄洗净
在名叫江汉的平原,安慰那土里的人

李鲁平 的诗
LI LUPING

留我在河边

你们都走,留下我一个人和
一条河,还有这些瓦砾和青黑
的断砖,它们如我残破的人生,
只能做一条河不可缺少的装饰。

对你们,这一河水永远只能远眺
它的光芒不能照遍你穿行的街道。
你们都走吧,回到那些高楼之间
的乱流中,那些你每天奔波的道路,
没有一条是天真之道,每扇窗口
飞出的歌声都不出自胸臆,餐桌
上每种食物都不出自根本,
而我就留在这里,看真风不坠,
看苦海收波。

黑夜已经从闸口涌出,这条河的两岸
就只剩下我,这就好。你听,在横流
倒流里,鲤鱼尽情滚过石板,赤膀鸭
利剑一样分开黑暗,三草二木同沾
滴水滋润。我狂心顿歇,安流觉岸。

竞注不流

我一直看着雾,它们从童年升起
沿着南河和沙洲蔓延到城市,广告牌
霓虹灯、沃尔玛、火锅店、公汽站
都凭空灭迹。它们也是前尘,邪伪的
作业召来的尘埃,苍茫万里,衮衮野马

大河粗壮的腿搁在渡口的棚子下，城市
高大的烟囱站在大河的背后，故乡青黑
的屋脊上，喜鹊等着工厂的汽笛拉响
现在它们与我一样无实际之地，都如
失路之人。

从童年起，我就尝试奋力划开眼前的
大雾，而每一次挥舞，我都看不见
自己的手臂。我也一直担心，南河
以及它的支脉，在忽左忽右的惑乱中
丧失天真之道。

到了中年，我知道，只有河流
在白色的广罩中初心不改，
竞注不流，最后都走向了大海

春天里

鼓手，万事俱备，鼓槌甩起来吧
敲出春天赶路的节奏，让一世界
的耳朵都喜气洋洋。路上，有的人
往上走，有的人往下走。有的人
在天上走，有人在地下走。
他们都走在春风里，都踩着你的
鼓点。

吊镲、踩镲、嗵鼓、军鼓、地鼓
你的手在跳舞，你也在跳舞
你尽情地敲吧。那些一生走得手忙
脚乱的，现在踏准了节奏，仿佛
止水，任水手拍打。那些满腔大志
在土地上画画的，听到你的鼓点
更踏不准节奏。通向黑暗的道路上
每个人都手忙脚乱。

鼓手，你看呐，河在平稳的流淌中
突然掀起巨浪。你的鼓声仿佛春雷
让鱼都已觉醒。

金鼓

不见钟鼓楼，烟火、舟楫、商贾都被
寒风肃杀。只有一马平川的稻茬，
撑着鱼米的繁荣。我在刘家隔搜寻
金鼓的余音，入耳的全是渺茫。

奔波在平原腹地，汉水、义水、涢水、
汉水、襄水、郢水、臼水，如一个个赶路
的棉农，绕过甑山、伏龙山、姚公山、
小别山、仙女山、乌龟山、神灵台，
围坐在川流分会的金鼓，议论天气和水情，
肝病和收成。这大泽之中到底敲响过四金
六鼓，每一条河流都溅起过梦幻的浪花。
他们站在寒冷的水里，捶胸，顿足，招手，
泪流满面，目送一阵阵狂风远去。

它也曾叫义川、汊川、汉川，每一条水都可以
命名一个故乡。我也装着一条水，它回旋，冲撞
四突，形如乱水，它命名的故乡叫乱川。

日永

今天日永，一年中最长的一个
白天，在汈汊湖的月光中纳于
广水。莲花在远处沉默，湖边的
挺水植物依然发着绿光，它们是
香蒲还是茭白，是禾本还是草本，
我从来分不清。

就如现在，仰望湖泽之上，我看
不见星火，只能看见同样的星星。
只能等到秋天，待它们枯萎，
在死亡中暴露本来。望于山川，
我的困惑怀山襄陵，分不清鲷子
与参子，分不清芦苇与蒲草，
分不清野鸭与黑水鸡……
无论站在南河、涵闸河，还是
沉湖、天屿湖，我似乎永远都是
第一次来到人间。

有一种痛苦，是无法分辨你
面对的世界。对莲子我的感觉
不同，它一直是白的，晒干后
还是白的，从来没有哪种空气、
水质或者土壤能把它们改变。
它心里还饱含一丝苦涩的记忆，
即使死了，成为粉末，也不磨灭。

水以上，水以下

突然想到荷花热烈出水。
四月，五月，六月，七月
的每一天，荷花奋力向水面以上
拔高自己。犹如沙洲上的农民
终其一生要洗净泥土，走进城市。

在水面以上，他们响应每一丝风，
饮下每一滴雨，向江湖上每一个目光
传情。白的，红的，淡红的，艳红的，
没有两朵莲花的颜色绝对一样，每一丝
差别都是一场竞争，仇恨一样鲜明。
过去船里装着酒和诗人，现在装的
骚动，或者假装钟情的都市、富足、

悠闲。他们牵着荷花的红裙,唱郎种
荷花姐要莲,然后水鸟一样散去,
留下你们,红衣脱尽,魂漂泊
在水以上。

这么多年,你们的欲望出水,作为背景、
舞台、装扮,白的忧伤,红的欢乐。
无人不知,你们是人间的妃子。
无人不知,只有水以下的藕,大义不尽,
命断丝连。

冬天,河岸说话

有谁听见过坍塌的声音吗?不是牛筋草
茂盛的春天,不是蚱蜢横飞的夏天,
也不是秋水浩荡的秋天。在洪水远去后的
冬天,我朝着大河走去,一艘艘高大的
货轮静静地穿过零星的雪花,它们满载的
心事封闭在钢铁的货柜里。每一寸河岸
都张着弯曲、深浅、宽广不一的裂缝,
仿佛一张张声嘶力竭的嘴,扭曲、无声。
我走过之后,一声声闷响从我的后背砸来。
我听见过坍塌的声音,大河上下,
阴阳相错,一块块善良的土地
连同土地上的柳树、苍耳、香蒲
与平原决裂,坍塌在寒流中,
但它们一直没有停止说话。

望之似木鸡

如何向你描述我的童年,蚱蜢是一个准确
的词语。五月的蚱蜢,动股,作声,站在
草尖上摇荡,它们的撑竿跳没有奖章。

黄褐色的蚱蜢，短小健壮，蹿跳迅捷。
我盯着它，判断它飞行的方向。它的头会
转动挑衅的目光，对儿童之大了如指掌。
我们追着它跳跃，一次次扑空。村口孤立
的电杆，看见了扑腾的绿浪。一只轮船，
从我指缝中漏出，悄无声息，驶向下方。

每只雄蚱蜢都在聆听，用脚或翅膀，物色、
杀死自己的伴侣。它传宗接代，然后死去。
雌蚱蜢透过草的青绿，看到了孩子的未来。
它站在五月的草尖跳舞，诱惑下一批儿童，
继续扑腾，并嘲笑他们的落空。

诶诒为病

坟就是大。楚地平原上，隆起的土堆，
都可以称为坟，即使土堆下只有土。
我要经过真正的坟地，离大堤五百米，
如墙上一行行标语，先人们仪态端庄，
排列整齐。

我从这里上学放学，偶尔去渡口买冰棍。
我从堤上游行到学校，在那里，父亲的
双臂向后，架起机翼。先人的亡灵一定都
看见了。我用纸糊的喇叭，在堤上广播。
喊的每个口号，都不是自己造的句。我的
声音没有迟疑，没有杂质，清纯像堤下的
蚕豆花。先人的亡灵一定听见了。先人们
知道，我踏实，还上进。每次经过坟地，
我都对自己说，鬼魂不把善良卖给坟地。

多年来我一直存有恐惧。那些突如其来的
圆包，如果从地上转移到身上，凸显在

后背、胸前、心间，中医叫痈疽。
你切除这里，它还会从其他部位长出来。
我的身体已被规划为一片坟地，有一天，
它们也将埋葬我的恐惧。

初春

河从北面走来，向东流去，
腐烂的凤眼蓝在河岸堆积成丘。
从闸口蜿蜒到河口，河岸不留下
任何人的脚印，仿佛虚无之地。

只有鳊鱼、鲤鱼的拍打响彻河空。
与我一样，它们吃麦子、黄豆、
油菜，吃地沟油、化肥、重金属。
它们也是生活在河边的人，与我
不同，它们把冰冷当做河水的
流转，它们在比水更冷的世界
跳舞，再砸入河中打开一朵一朵
水花，如同庆祝节日，新生的
小鱼，雨丝一样装点一河寒水，
只有它们相信春天必然会来。

谁说春天不会远了？厚重的
车轴草洗净我双脚的淤泥，抬头
所见还是弥漫的大寒。

丁东亚 的诗
DING DONGYA

故人或雪与酒

是雪把她带来的。幽灵似的白
在傍晚有着惊鸟的不安

她再次不远千里不邀自来
绿皮火车有了无解的慢
山野与麦田后撤
蝴蝶状的云霓,像极他梦中好看的侧面

她记得野芷湖畔小餐馆里幽暗迷人的灯火
聒噪的说笑和杯盏声响
湖面清寂,偶有孤鸟飞过
雪花落在野橘树上,人间热闹起来

朋友之中,他是为数不多可以信赖的一个
清苦止于唇齿,内心满溢欢喜
更多时候,他们就那么面对面坐着
喝酒或观景:白鹭用于想象,鲈鱼适合烹食
仿佛一对细察时光的看客
不设防御,甚至什么也不说

雪落平原

雪已落得很深。它终将覆盖一切。

村庄是白色的;
树木是白色的;
道路是白色的;
鸟群是白色的;

日复一日，我们拖着肉身
在人间流放

雪已落得很深。记忆在清晨开始复苏。

耍猴人挨户乞讨，风把雪花
灌进他半缩的脖颈
惊觉的老狗，吠声苍凉，在平原之上幽荡
出门上学的孩子，此时
像极了一个个移动的小雪人
在从前的时光里缓缓行进……

雪已落得很深。仿佛一场隆重的葬礼。

新房客

她来的时候，正值山中梨花开放
放牧月光的群像在云中一晃而过

薄夜如薄酒，自饮如她余留的暖情，落满空杯
新房客是一种空荡的诗意　抑或是代词
不乏青草的气息　竟多出田园的梦事

可我还在她的目光里游弋　想象她干净的脸
是一面镜子　众物却难以匹配各自的名姓
想象她的独裁无非爱的方式　唯那锁进柜中的
鸟声　才是菌类生长的养分
想象她是一匹雀跃的野马　正向我奔驰
哦，且慢　她怎可能投进我忧郁的怀抱？

更多时候，我把新房客当作新生活的开始
我们总在那片薄雾笼罩的海边漫步，说说笑笑
小情人一般　发誓一生永不分开
尽管我必须坦白　我们可能还在沙滩上做了爱

乌夜啼

土生土长的豌豆熟了。咳嗽是褐色的。
父亲的锄头弃于屋角。秋天是暖色的。

老了。老了就抽烟吧　活着多么漫长
儿子们像午后的群鸟　飞走了
你病态的样子老狗一样　无人问津

还是住着多年前的土坯房　只去年的暴雨
压歪了一根梁柱
还是想炒一碗豌豆　饮二两小酒
说说过去的事情

说给谁听呢？夜下的蛩声清冷
每一次，死去的亲人都带走你一缕魂气

完整

低语几近完整。暧昧
在黄昏嘈切内心的荒芜。天空，

时远时近。
见证人睡在一朵无名的花里。

郑在欢 的诗

迟来的致谢：给无缘再见的黄金大号手们

贵妇人不愿与我们合影
漂亮小姐也不
我和我的双胞胎兄弟
我们那么可爱
为什么没人喜欢
闪光灯咔嚓咔嚓
咔嚓
每一次，都让我们
走开
最后
来了一群戴墨镜的黄金大号手
他们排成一排
举着又大又黄的大号
面向镜头
严肃又认真
我们跑到他们面前站住
摆出笑脸
直到摄影师按下快门
他们都没让我们离开

S1：千里寻宝记

我躲着
谁也找不到
我出来
没有人看见

我在梦里

把一根锯条
掰两半
藏在草垛下

我回家
乘坐波音747
别说锯条
连草垛都不在那儿

养老院

护工大多不认识字
喂药的时候要问老人
然后默默记住
什么瓶子装着什么药
总有记错的时候
一个吃错了药的老人
对着天花板大声叫骂
我上辈子造了什么孽
才会来这里
护工给老人换完衣服
在心里
把这话，重复了一遍

我爱她，虽然只有十一岁

六月份的阳光金黄灿烂
照耀着一只死蛤蟆
她一只脚踩上去
蛤蟆恶作剧般吐出舌头
我很着急
一时间找不到第二只蛤蟆
让她来踩

月亮

小时候
去外婆家的路上
被狗咬了

路过一个池塘
两个男孩在水边嬉戏
大点的男孩对我说
我叫月亮
我的弟弟叫月食
我不知道
他为什么跟我说这个
让我一直记得他们的名字
虽然早就忘了
他们的模样

爱情

什么是爱情
一张嘴吻上一张嘴
嘴里还有话要说。

也许有一天,连云也不再飘浮

我们听的音乐
越来越重
想要的爱情
越来越深
人与人之间
隔着无数人
走过的路
很快消失不见

越来越多的人倾向于认为
地球
"该减减肥了。"

王天武 的诗
WANG TIANWU

善意

我每天写诗
感受他给我的。他告诉我
他喜欢有人写他
他喜欢慢慢有形体的善意

爱在爱你

刚刚,整个地惊醒了
发现她在一旁哭,满目失望
他盯着十字架
冬天在窗外建造冰冷的房屋,在深夜也建造

突然想到不是你在爱人
是爱在爱你

暮色

我看到我出生时的医院
没看到我死去时的医院
就像我出生在明处,死的时候是暗处
因此,我一直想照亮我的暗处
我读《易经》,寻找在阴影里坐着的人——

我记得你走时,穿着一件黑雨衣
我听到的消息也都是黑色的
必须在明亮的地方听
我有时把写的诗拿来读
把地上的影子又踩一遍,再踩一遍

你买雪球吗

你买雪球吗
这是最好玩的雪球
你想怎么样
我想在雪球融化前
把它卖给你

灯光

像我历来知道的那样
我们去世后会有照片
所以(平时)不能笑得太开心
我偶尔的沉默
会成为一生的沉默

我对一个女人的爱最后会成为词
它静静地躺在诗里
我和那个词睡在一起
有时它醒过来,在深夜翻身
碰亮了灯

用深沉的感情倾听那灯光
——突然闪亮的奇妙一刻
如同一颗奇异的种子爆裂
让你欢喜的种子也是
"从那以后"的种子

他的世纪

现在他生活在晚年
那像一个小站,昏暗而平静
在金箔和闪光的饰物中
他感到,他麻痹的右手没有一点希望了

他右边的身体把残疾模仿得那样逼真
他想起他写诗的样子
已做不到简洁
就像他的咕哝,嘴里含着一口粥
而那口粥就是他的宇宙,他的世纪

天台

天气很热,我睡不着
像扎加耶夫斯基的大提琴
被踢出小提琴
像我们离开学校后想着它的窗户
我有时是窗户外的风景,有时不是
我看见你在天台
在想念一个人
一种不真实的想念在虚空拐弯
像一颗慢子弹
很久才能打中目标

魔头贝贝 的诗

MOTOU BEIBEI

上午

上午。一吨
水里的一滴蜜：小猪娃
在为老母亲生日绣寿字。
在为菩萨单独
安排的房间，袅袅香烟。
楼下是
摊贩们的瓜果蔬菜。
一只鸡被当众抹了脖子。

一个女人电视上
搔首弄姿。隔壁
我在写诗。我跟几头词
过不去。一块未完成
完成了也是
徒劳的肉，卡在
隧道产道里。血蓝黑地
酝酿着獠牙星空和细雨。

分身经

阴影里，那条名叫旺财的狗趴窝着。时而来到阳光下，摇摇尾巴。
后来，像一个中年人黯淡的眼睛，一天的工作到了尽头。

公交车上。结禅定印，默诵准提咒。
像被摘下了面具：魔头贝贝先生一边化妆一边代替我，朝家走去。

整夜

被文字遮住的伤口在腌着花骨朵。
省略号里的呐喊。被母亲染成绿色。

整夜他饮酒。
有时来到镜前,凝视自己的脸

像一枚邮票
粘贴在深渊

仿佛要寄给紧闭的门外
孤独闪耀的星空。下面

一条流浪狗狂吠着,无处可去。

赠渔网花

贝壳中睡着一个四十三岁的男孩。
只能用笔来喊叫,被掐住的喉咙。
世上最美
的女人。在母亲的白发里。高耸入云,这矮小峰巅的积雪。

仍在眼前挥舞着
一根二十五年前抽得他青紫的皮带。
每一树繁花,都埋伏着一张狱卒的脸。从那一刻直到未来。

每天

落光的树木很快茂盛着蝉鸣。
一阵急雨。很快放晴。
我两三岁的外甥,像那时我那样欢笑着。

一座没有尸体的屠宰场里
来来回回的萌芽……
一个废纸篓，日日夜夜，蓝了又黑……
每天都有一则讣告，淤积在搁浅的额头。

每天都有一台取款机。自动吐出
一张沾满了陌生指纹和唾液的更旧的脸。

远离

群山间，被遮蔽的寺庙传来钟声。袅袅着融入湛蓝。
一次饭菜贵得离谱的旅行，还好
剩下了钓钩上的鱼，被重新放入水中的心情。
满目苍翠。刷白了楼道里小广告的牛皮癣。

一次清风徐徐锈迹斑斑的远离。
一只垃圾箱内的老鼠，摇身一变，啃着松果。
还在往高处攀登，成群结队的香客。
向下的我此时倒在家门口，握着手榴弹似的啤酒瓶。

霜降经

每个活蹦乱跳背后，都贴着一具凝视的骷髅，芷若。
你里面的黑暗，我进入过。
喑哑地，一粒硕大夕阳的血珠，弹奏着枯寂的地平线。

转过身来是对面俄罗斯仿佛被点燃的森林。
徒然地，江水反复吻着堤岸。
转过身来。冷风削切着一张被酒精慢慢锁住的脸。

那脸在空中停留了片刻。像风筝
坠入唰唰抖动玉米林无边的浓墨。
你一瞬的明亮，我离开过，芷若。

凌晨一点

旺财腹部那条刚出生的小灰狗
寂静地吮着乳头。
星期天的钢材库,每个名字
被切成两部分。一半
松弛在家里,一半
漆黑地印在冷冰冰的工资表中。

凌晨一点的晚饭。
凉拌白菜心。香菇酱。大米粥。
洗过的碗筷,看不出更旧。
再有两个黑夜,一个白天,清早
你将驱车六十里,前来爱我。
身体内好像疾驰着一列火车。

走调经

浸泡着醒着,迷雾。
下面一堆钢管:一座高大行吊。
上班的还没来。整个库区。只有我,和旺财。

朦胧地,一只灰鸟
急遽地掠过一团灰树。如一颗灰心。
如二十年前的双石碑监狱空降到此刻的物资供销处
一道自动伸缩门——反锁着一腔垃圾桶般的咽喉。

电视机持续盛开着节日欢庆的歌舞。
电水壶吱吱响着。虚无沸腾着。
电饭锅焖着白白的大米。这白白的流逝。

远处曾去过的桐柏山寺庙里诵经声像
给未来的蓝天写一封缥缈而黄昏的信。
我母亲提前退休给了我这份工作。
她十年前被切掉的子宫,仍滋养着那个我愿意的我。

一月二十四

一月二十四。好像离开了
大海已很久。
一个月前
你那汹涌的温柔。
鸥鸟翅膀的剪刀一下一下
裁着两个人褶皱里的浪尖。

后来我带走了鲅鱼两条。
现在它们在铁丝上徐风中
挨在一起孤零零
悬着。微微摆动着

仿佛一双
夏天的手
轻晃摇篮。虽然有点儿冷。

二十年后

伸出铁栅,大片
蔷薇的粉白涟漪。
天空说不出来地蓝在
二十年后眼睛的黑里。

二十年后,海边
整夜奔涌的
一眨的我和你。
纠缠的舌头下
深埋着各自
被冻结的翅翼。

光真好。像没有
起飞的伤口中
毛茸茸一只鸟。

冬日

冬日。头顶。淡蓝的一丝不挂。
广玉兰阔大叶片间,鸟鸣细碎。
从看见到看见。像我的眼,融入旺财的眼。
一个畜生世界,在暖洋洋懒洋洋顺受。

落光的柿子树。结果了无痕迹。
从伊丽莎白·毕肖普到
谢默斯·希尼。那些死
哭笑。像泥土下黑暗的根,滋养着萌芽。

一切都是崭新的:在母亲
的孕育里:他缓慢膨胀……为了一摊鲜血。

叶青 的诗
YE QING

这样算不算浪漫

有个树林在河边
河边还有座房子
房子陈旧极了
住着一个女人
后来她老了
再后来
我就遇到了她的女儿
并且结婚了
树林有时候晚上会
莫名其妙地下起雨来

想与好兄弟喝酒

我的好兄弟
其实就那么几个
并且大多酒量不济
相信最好的酒
我们也喝不了多少
我们所能做的
只能是把喝酒作为幌子
抱在一起哭
忘记自己是个男人
也忘记自己是个大人
这是最幸福的事

某种秋天的花

路灯比夜晚更安静
我闻到了秋天某种
花开的味道
那种味道
比春天来得悲一点
比夏天来得凉一点
比冬天来得轻一点
一到夜晚
路灯亮起
我在黑暗的房间里
站在窗口
那种味道就会不自觉地
从纱窗飘到我面前

怀念

我们拥有的不能更多了
呵，亲爱的朋友
我们双手紧紧相握
接下来的自然是拥抱
有人还会哭出声来
也有人坚强的眼泪
只是在眼眶里
打转
冬天这么快就来了
我们都已经在准备过冬
凤城二路的一间
房间里
轻轻传出
我们都熟悉的歌曲
都是我们共同喜欢的

它们多么好听
就像多少年前的
一样

果皮村

小船漂远了
静静的河面
没有一丝风
寒冷把整个小河笼罩了
站在河边的人们
用各种方式取暖
它们可能是一些温暖的话
也可能
只是彼此望着
什么话也不说

与雪有关的诗

雪下个不停
我就要写与雪有关的诗
而且还要不停地写
等雪停了
化了
甚至到了春天
我就能拿出厚厚的
一摞
与雪有关的诗
看着它们
外面有花在开
里面有雪在下

旧照片

自从照片被数码了以后
我就很少看真实的旧照片
那一天我偶尔看到
我站着
另一个人也站着
轻轻地踮脚
挺着胸脯
僵硬的微笑
而另一张
只有我一个人
就显得自然多了

天冷得懒都懒得安慰

当一些树叶开始
以自由的姿态落下
我们还要为此争论多久
把选择变得简单一点
天变冷了
应该换上厚实的衣服
你在风中
我在风中
他在风中
都在风中
树叶在风中
就怎么活的问题
不要那么辛苦

向天笑 的诗
XIANG TIANXIAO

小小的首都

你是我的祖国
遇上你,就不能脱离你
否则就会流离失所

多么渴望每天能够自由
进出,我那小小的首都
那里繁华如梦

在小小的首都里
我真是迷恋那像迷宫一样的巷道
生怕越雷池半步

喊父亲

小时候
我通常到田野、地头、山坡、湖边
喊父亲
大声地喊,声嘶力竭地喊
一直喊
喊到父亲答应
或者走到身边,为止

父亲一年到头早出晚归
无论中午、晚上
我几乎都在饭熟后喊父亲

有时候,父亲摸着我的头说
喊个鬼!

然后牵着我的小手回家

如今,回故乡
站在村口
我也想喊父亲
可我喊不出声来了

就是喊出声来
喊破嗓子
我的父亲也不会答应了

但我还是想喊
在内心深处喊
哪怕喊个鬼出来
还是想喊、想喊……

最后的告别

亲爱的,我们告别过很多次
相信这一次,真的是最后的告别

我知道小小的输赢
一次又一次地伤了你
可你不知道一次又一次伤了我
你输不起,其实我更输不起

人生就是一场没有输赢的赌博
输了好,赢了也罢
到头来,结果都只是一小坛灰烬
爱恨情仇也转眼成灰
多少次深入浅出
你都快乐地接受
接受你的赢,不能接受你的输
而我只能接受你疯狂的报复

或者死亡的威胁

把长江安装上钟表
记录分手后的分分秒秒
我们不再争了,不再吵了
像江水消失于大海

你不相信自己触摸的深度与硬度
一切在你面前不堪一击
尽管那种消融的感觉,还没有隐退
像冰凌一样,悬挂在窗前

我踏着坚硬的冰雪离开
留不下半点足迹
从此,我背后的院门紧闭
春天来了,也不见桃开一朵

抱紧你

半夜醒来
是多么残忍的事情
月光洒在床上
像你柔软的肌肤
洁白,光滑,充满性感

多想你此刻就在身边
我可以抱紧你
不再让你溜走
可你如月光一样
无论怎么用力都抱不紧

幸好被窝里
还有你残留的味道
我无法抱紧你

我可以把你的味道
紧紧抱住

采下的桃花

桃花开了整整一中午
沸腾的桃花
疯狂的桃花
终于静了下来

我采一朵
只采一朵,慢慢
嗅她的味道

这朵再不能结果的花
拼命散发她的芳香
我吸进自己的体内
沉睡已久的激情苏醒了

我听见骨头坚硬起来
我听见整个大地都在回春
成片成片的桃花,都在窃窃私语

啊,这采下的桃花
我还能期待有什么结果

包围

在皇姑岭,你种花,种草
种树,种竹,也种房子
那单独的院落被坟墓包围
似乎是一个生灵被许多亡灵包围

你目睹夜色慢慢爬上山坡
像无数的黑兽包围了院落
寂静无声，可你还是听到它们的吼叫
如此逼真，如此虚幻

一只只冰凉的手伸过来
你一次次地拒绝
却不知为何叫不出声来
这被冰手包围的场景一直历历在目

你吓得灵魂出窍
醒来，身体被虚汗包围

深夜的大泉路

去火葬场，不是要走过大泉路
就是要穿过大泉路

那天晚上握着你的小手
在大泉路上走过
那天晚上的月光淡，风也轻
我们的脚步更轻

生怕惊动神灵
一句话也不说
轻轻走过大泉路

在十字路口回过头去看
仿佛与大泉路交叉的是黄泉路

于海棠 的诗
YU HAITANG

回忆

我坐在灯光里
寂静落在周围,就会伸出许多手
寂静会在羽毛的空气中开出白色的花朵
我坐在灯光里
惨白的光线在上升中形成细密雨线
再也没有一种灯光
像今晚的灯光、细腻、柔和
好像我们童年的过去重又回来
好像我们挤在旧时光的
蓝布衫里,
母亲低下头看看我:冷吗?
我点点头
母亲裹了裹蓝布衫
母亲又问:还冷吗?

我有倾诉的欲望

我有倾诉的欲望
亲爱的,昨天的雨落在
彩钢瓦檐上,一朵一朵有开出花的欲望

亲爱的,世界是立体的
像一口井,面对光。

——而我面对你
是橘色,白色溢出的不自觉
把我挂在你的睫毛上
这个恰当的距离
像上次一样

我用眼睛，和嘴唇
而你不知道。

希望我触及的 在我的视觉之内

一个人的
一个下午，有被表达的欲望
甚至
更长时间的
一个人的
短兵相接，使故事更加神秘莫测（我看到你
诱惑的双眼是出于爱本身）
我要给它一个完整的结尾：
"希望我触及的 在我的视觉之内
希望昨日，能配得上明日的志忑与焦灼。"

六月正在结束

六月正在结束。
——意义过于庞大，而繁密。
小南风挂在窗前
雨伸进雨里
我把我放进雨里。意义正在开花
我住在雨的影子里模拟枝叶的美好
我是我的意义本身
我在你的故事里找到我
而美如栾花。

楼下那片白花

在两座楼之间
有一片白色的野蓼花，它们奔跑在晨风中

像流动的牛奶,甜蜜而纯净
我经常站在窗口把
我参与其中
阳光好的时候
空气透明
阳光的金线在花叶上跳跃
时光是向上的
我要告诉你,我看到这美好的一切
就像时光悲悯的出口。

傍晚

晚风吹拢鸟的羽毛,
落日在祈祷
万物渐欲缄默而停止合欢
这是神的时刻,生命自足而本真
我躺在软草坡上,
我是蔷薇、松针和榛子
在风间跳跃
是镜湖南路广场咕咕叫的鸽群
当黄昏收起仅有的光亮,
万物变得虚无而不确定。
我又变成细碎的花瓣、叶子和果实
美好的事物在我身上一一闪现
喜悦在持续
让我想起一个久违的人,
"你不能爱,又不爱"
我起身与傍晚告别。
插入黄昏寂寥的街道。

张一兵 的诗
ZHANG YIBING

萤火虫

爷爷已经埋进土里
我们都哭累了
谁也没有力气说话
黑,坐在门外的条凳上
只有当他吸一口烟的时候
才看见他的脸
又闪灭了一次
田野里仿佛有许多同样的人,在闪灭
在闷想,天一亮,要赶唯一的一班车
他突然握着我的肩,说:
"瞧,城里的孩子,看不到这么漂亮的萤火虫"
"爸爸,城里的孩子,能每天看到
他们的亲人吗?"

草药

我牵着它们母子
在一片长满青草的山坡
静静地吃草
斜躺下来
远处的天空
大片乌黑的积雨云
就要掉下来
父母是不是
在那片天空下
也很苦?
一只手,在草丛中拨弄
摘下片片各色草叶、小花

送进嘴里
轻轻咀嚼,它们的青涩与苦汁
缓缓流入身体
我们都信,尝完这人间的草药
就能康复,相聚,在一起。

在如水漾动的密荫中

山顶寺庙前坪
十几架竹轿,一字摆开
乘轿上山者已散布,在众生之中
轿杆一端着地,一端高高翘起
仿佛预备随时纵身一跃
此刻,轿夫们,沉睡在
自己的轿子里
头有的朝左偏,有的向右耷拉着
手抱胸或者自然垂落
各自展示,又像是卡在同一个梦里
梵音阵阵,木鱼拓拓
香火缭绕着他们
在如水漾动的密荫中
他们的骨头在咔吧咔吧
缓缓舒展

逃

终于睡着了
孩子弓身趴在床边,脸朝向她
嘴角流下清亮的口水
她继续哼着
记忆里母亲的小调
抚摸孩子光滑鲜嫩的背脊
这种切肤的感受

像是抚摸自己多年前的
少女之身
脊椎骨饱满圆润，粒粒可数
像一道崭新的防波堤
她用食指
来回滑过
哒、哒哒、哒
又与中指交叉
做一步一步的行走状
她突然感到一种逼仄与紧迫
立起身来，抓起背包
夺门而出

祭母亲

开饭了
大家打好饭菜
蹲的蹲，坐的坐，各吃各饭
工地上的伙食很好
只有他
每每远远地蹲着
把肉挑拣到一边
饭吃光，再朝一个方向
举一举，然后一口吞下，所有的肉
工友们都笑话他，他也不吭一声
后来，厨师成了他的朋友
拍着他说：别这样，锅里有的是，随便吃
他说：不是，我想我的母亲。

在老家，养猪，等过年，杀
打猪草，滑……

理坤 的诗
LI KUN

无法言说

深秋的落寞与瘴气
映照在后山冈上
还有那大片的棉禾
夕阳来得早了些
像是催收这几亩薄地
季节虽过，更多的秋桃
还在地里缩着脖颈
脸上满是苍茫与憋屈
更多腐烂的气息逼近
我喜欢桃铃上的那些斑驳
它仿佛正替我经历
无法描述的一身

奔跑的影子

一个人在旷野奔跑
影子总是会抢在前头
把无数个自己摁成一个
影子，远方多么辽阔
人要想跑在前头时
只有等天空暗下来
身体里的豹纹亮起来
把一个自己捻成无数个
亲人，那满天繁星啊
影子跑时，身体和灵魂
已不再与它同行

匠心

石头的一半
被凿成了菩萨
石头的另一半
被凿成了石阶
石匠凿菩萨
用了千锤万凿
石匠凿石阶
只需三锤两凿
挨得多的塑了金身
挨得少的历尽凡尘
群峦仰目，山谷低眉
石匠高低不语
在一块石头里住久了
菩萨石阶都有命
每一块石屑都有光

盛夏的果子

没有一种果子
可以熬过这夏天
没有一种果子
比柿子还要青涩
青青的柿子，挂在
青青的柿子树上
这不被赞美的果子
它有繁华落尽后
孤独的美，在盛夏
会有一些果子坠落
找到从前的肉身
和怯懦的蛀口
更多的果子
在阳光下继续卑微

更多的兄弟
在撒哈拉低下头颅
更多的人民
收拢起身体的亮光

茄子，豇豆

茄子那么胖
豇豆那么苗条
同在一块菜地里
他们并不说话
茄子穿紫色上衣
豇豆穿青色长裤
像两个未长大的孩子
在母亲的菜篮里
他们只是茄子豇豆
他们只是搭伙过日子
在床头聊聊恩情
在床尾说说悲伤

云梦

每次到云梦
真的只是路过
火车中转
一个小县城
没什么要留的
也没什么好放下
我就在想啊
老天也是
这是个什么地方
非要在这儿转过弯
非要在这儿歇会脚

别说，有几次
我还真的睡着了
在天上，梦到
浅浅的蓝
淡淡的云

棉花吟

棉花其实不是花
它的花，开在盛夏
开两色，由白及红
棉花其实也是花
它一生开两次
年轻时，爱美
开得有颜色
年老了，无花可开了
就把胸襟打开
再挣扎着开一次
白白的，暖暖的
天上云朵一样
像极了我的母亲
这最后的绽放
为秋天掏空了她的心

锅垢

锅垢，是母亲拎着大铁锅
弓着腰在墙角用锅铲
一点点刮，一点点明亮
甚至来不及说疼，一辈子
刮热，刮熟，刨深了
却始终刮不净的那点烟火

纯棉时代

好不容易攒了点布票
扯了几尺粗棉蓝布
母亲给父亲缝了件上衣
四个口袋,干部装
父亲穿着它在村干任上
一穿就是十几年
后来二哥大了,要出门
母亲说,让给老二穿吧
二哥在三线工地穿了两年
衣服有些发白,也磨损
母亲就缝补好,用颜料染过
在箱子里压了两三年
四哥穿着它上中学的时候
仍然像新的一样,三年
我长大了,确实不能穿了
母亲又把它改成书包
我兴高采烈背着去上学
那个时候的天,是真蓝啊
这一晃,又是好多年过去了
有天晚上,母亲洗完脚
我帮倒洗脚水,突然发现
那块熟悉的纯棉的发白的布
在母亲手里头还闪烁泪光

老村子

村里所有人都搬去镇上了
只剩下几十栋破房子
和几条野狗,还有半人高的蒿草
有时我就在想,回来吧
在这里做个村长
村前种几洼高粱,后山植几丘黄花

今天东家住住,明天西家乘凉
还可以找过去的故人叙叙旧
再在村口放两条狗
让外面的粮食进不来
让里头的花香出不去

蒲丛 的诗
PU CONG

放弃

我放弃了远方
也放弃了用我敏感的鼻子
去嗅花朵中隐密的情欲
现在多了一种爱好
用孕育孩子般的热情去种植花草
会关心明天下不下雨
也会为一盘西兰花摆放在什么样的瓷碟
而耗费半个钟头
越来越喜欢与夜晚对峙
无论在怎样深不见底的黑中
总有看不见的事物在与我
保持着神秘的关系
仿佛和陌生的你
我不靠近,就没有道别

白花

山路上有盾果草和附地菜
我还不懂得如何区分它们
只知道它们开一样的五瓣花,淡淡的蓝
像你描述过一种植物的表情
另一些不认识的花,有的开黄花
有的开红花,还有的是淡淡的紫
我们叫它山花
四岁的小侄女指着白色的一朵说
"我小的时候见过"
那是两年前深秋的早上
送外婆的人站满了小院

每个人,每辆车
都开着白色的花
那条向西的蜿蜒小径也是

大雪

事实上并不可能大雪封山
我居住的小镇
车马喧哗,霓虹闪烁
每一条街巷都有高杆灯
替醉酒的人指出回家的方向
每一场大雪之后
都有铲雪车呼啦啦地
为人间重新开辟一条路径
而在童年留下的记忆中
早已畏惧这铺天盖地的素缟
事实上雪也不能还人间一种清白
它只是偶尔像一个隐忍的人
突然间就忍不下去了
把这种凄冷的苦味
播撒在你我都能看见的地方

冬夜记

过了很久,也没什么改变
倒是四季,更替得如此迅疾
窗外那棵梓,果荚还没落完
雪,一场接一场地来了
一些信,还没有寄出
就被乌拉尔南下的冷空气
阻隔在途中
有时我像一件蒙尘的家什
阳光很久不曾光顾

就在昏暗中静默
细数时光之鞭抽打过的印记
而屋顶上起舞的是被吹起的雪沫
那些细碎的翅膀
那些轻微的痕迹
一定也有我飞翔的方向和愿望
如果你就在千万亿微尘中

有一种爱

我希望能长成一丛灌木
踮起脚尖和你比肩而立
无所谓灵魂有高下
也无所谓俯视仰视
当你说爱我时
风扶着我的腰
所有的树叶都竖起耳朵
并发出悦耳的欢笑

新疆忍冬

像是挨过了漫长的冬天
它的叶子分外浓密
白色的花朵
是那个冬天枝头上一碰即落的雪花
一直保留到了现在
清新，但不妩媚
忍冬，忍冬，新疆忍冬
被冠以地名的花
会不会让你忆起某个地方的
那个人

坐在杂货铺里

坐在一堆杂物中间
阳光一寸一寸照进来
有时照在杂物上
有时落在眉梢
有时我们的影子叠加起来
我就是那些杂物
被人买走时快乐着
无人问津时像过时的衣物
没有快乐和忧伤的表情
时间的针脚密密匝匝
触不到情感的流线
这一眼看到底的生活
多么叫人生厌
可是我们还得用满满的热情
来迎接无数个陌生目光
直到闪光的银子
安慰着装它的匣子

栅栏

此时的光不是夏季的光
明亮,但没有爱人怀抱的暖
此时的街巷也不是从前的街巷
白栅栏,像警戒线隔着你和我
对,是栅栏,我一直
不喜欢用防护栏这个词
它冰冷,坚固,代表秩序和戒律
而栅栏是温暖的
蔷薇、牵牛、茑萝随意缠绕,攀附
低矮的菜蔬园,瓜果蔬菜安然自若
鸡鸭牛羊在同一片蓝天下自由呼吸
邻里间只要一跨步,就可以任意出入
那时候栅栏只是用来防畜生蹄甲的

卓尔 的诗
ZHUO ER

猫骨

一片窗帘唤起沉睡的我
轻轻推开身体那扇门
灰霾的晨光中
它正坐在那里
转头看我
我的猫眼闪烁、寂灭
窗帘一遍遍地掀开
软绵地问了一声……

顺着一道柔软的骨
我抚摸了一枝柳
轻微、缠绵,几近于无
蝴蝶摆弄它的波纹
门后的那一重危机
正潜伏着谁的罪恶?
让它脱身为一只蝶吧
那蝶里的花纹
拍打着尘土而来
落下晶莹的薄雾

那扇门的背后
你的骨起伏,月牙般弯曲
踏出温顺的月光
和浮动的帘内微风
在我梦魇的边上滑过

烟花与蝴蝶

烟花与蝴蝶
是同一种生物

我去河边寻找蝴蝶
蝴蝶也在寻找我
有什么被击穿而碎裂
我的胸口满是花开
我回旋着倒下
我张开了瞳孔
看到烟花展翅
落入我眼中的粉末、碎骨
都被风吹得不知所踪

我在梦中寻找蝴蝶
蝴蝶在静寂中寻找我

我们隔着几层远山
点水击鼓
层层的烟花绚美
我只看见绽放那么短
在盛开之上
闪耀出点点蝶纹

我在河边寻找烟花
烟花在寻找一只蝴蝶

小念头

小瓷碗分泌水流
小念头飞速奔跑
我喝了豆浆的嘴巴

有一点点甜
谁在厨房里挣扎?
妈妈在煎鱼
一面的香气轻飘
翻过一面,焦煳刺鼻
有只猫眼一直在偷窥
死的鱼,活的嘴
谁比谁更会说话
跑吧,跑吧!

替我找到远方与荆棘
替我游回大海或身体
我不想走高速
让火苗对我挥手
跌倒在鱼刺里
外太空有星星爆炸
星屑砸中我的头
头上开出了绚烂的花
花朵里有一个星空
而另一只猫眼变幻着
仿佛比鱼更弱小

一片雨遮我

一片雨为鱼儿落,
惊扰了初夏。
填满的池塘,
充满了银色的魂魄。
溅落四方。
而我愿意
也随它散灭,散灭。

细雨颠覆了城池。
魂魄挤满在路上。

人们前进着后退，
一直退到体内。
那小小的伞。
踮起脚来，张望。

而我拿着一片大蕉叶，
欢乐地站在洪水中。
没过脚踝，没过膝盖。
没过肩膀，没过双眼。

我终于看见，
她站在雨中，轻轻唤一声
"……"
目送一个背影消失，
走去了一个新的时代

我终于听见，
那些曾经的存在。
女子的呢喃。
被一场暴雨洗礼
身形俱匿。

我终于发现。
每个时代都在毁灭。
每个生命都在永恒。
我欢乐地站在雨水中，
像一朵花开，
谁也不能碰我。

浮云与沧海

我是一片沧海。
既是生命之源头又是生命之终结。
我存在几万年，或是一年。

看尽飘渺的生命如尘埃灰灭。
我却依然在这里。风一阵紧似一阵。
海水围困了我,三分的寒七分的乱。

我喜欢看天空。
遥远呵,我触不到的那片空,如墨。
我看见一片云,它对我微笑,苍老。
我呆呆地凝望,雨一阵大一阵小。
大地上的一切都死于非命。
一首寂寞的歌谣,也像要索命。

他是一片浮云。
终究被风带走,随风的种子都有雌性。
他说他要走了,或许就在我们相遇的地方。
在小虫子们作乱的地方。
我知道死是什么,但是我还要说"我等你"。
他微笑的那场雨,让我扑灭一堆火。

我是一片沧海。
默默注视小浪花。转眼万年,彼此两岸。
我却依然在这里,在数头发,
要找一绺额发给他带走。说过的话已经变凉。
没说的话就顺水漂走。念着千万遍。
等待一片云,一丝微笑。
一首歌,一片红晕。
一座坟墓。

黄定海 的诗
HUANG DINGHAI

每个男孩都幻想一个战争的情节

1
我从那山坡来
是踏着那山坡从老树根中
滋生绿的步伐
脚印牵动冬日的情绪
随着雪花融化慢慢升华

2
二月醒来的时刻
眼前月亮肆无忌惮走过
神在细小的事物中
开始发酵渐渐发声
应和在那头牛儿背上的牧歌

3
那片海在白纸上
拿起彩色蜡笔的手
怎么也提不起坏脾气的海浪
于是多了一些敏感学了一些智慧
游鱼和海鸥交换着繁华
贝壳和泥沙浓缩着力量

4
那颗枪口射出的子弹高速旋转
必须静止在睁大了的眼睛里
这个太阳站定的身姿闻风不动
肯定欢腾进厉害了的汗珠里
每个男孩都幻想一个战争的情节
还会添加一颗白衣天使的心

5
因为两个人的相遇缘于梦游的一次虚构
因为虚构比事实更容易叫醒白日做梦人
每年六月我都纵容自己
我想你
就是一朵花到果实的距离

6
所有事物都要舒展一个姿态
所有姿态都想书写一段诗句
说出的话像图钉
钉在历史的书籍里
留下的影
想身散墨香地活一辈子

东西心情

1
东西的位置
流动着时间在空间的痕迹

我在日出的起点回望你
你却披上晚霞来响应
于是飞机抛撒了
两个一万两千公里的急脾气
想用空姐甜美的声音
渲染不同的表情包
唤醒你我两人的微信

2
喃喃细语在你的星河中
可以放射出一束束激情
来敲乐苏轼的月亮

我的宋体字优雅起来了
一点一横一竖
书写中庸之意

3
尽管有纲举目张的气魄
也要有网格化的智慧

我想看到已遗失的象戏
却见证四军在棋盘上
抒发王的黑白博弈

还是入手到计算的语音里吧
用大同世界作为实景

我们都喜欢猴子的西游记
其实是玄奘的禅心

4
纽约是世界中心的过去时
早就消费在支付宝里
世界是共同体的笑容
已经在多色瞳孔中洋溢

我们小心翼翼
将梦想做成指南针一起旋转
看不见的频率
渐渐在众所纷飞的评语里
成真成形

5
让自己飞起来
那么多星球的东西

小憩

或许河流比山脉更有灵性
我们蹚过这条溪水后
宁静得捧出数个石粒
让它们传递问候那片山坡的气息

一群有战术的单兵
部署在风中端详众生
星星拒绝过早绚烂
却点亮了我们的眼睛
顺着手势沉默石头在回应

发生意外的弧线
意外地在班长额头上划出痕迹
总是叫醒他在天上行走
我们只好把他的故事
当作雨水叮咛在出发的队列里

模样

奶奶的双手
从我曾经挑灯夜读的小黑屋
伸出来绕开我
去迎接我的女朋友

对我的欢喜
揉进轻柔的手指里
小心翼翼触摸到惊讶眼光
这个孙媳后来读懂了
奶奶永远被捧起的心灵

奶奶就是这双手
把世界种植在眼睛里

长成一对莲花
时间在这双手上凝固了
流淌着记忆的目光痕迹

我知道奶奶双眼有福啦
祈祷是天国的一个捷径
看得见自己的双手
找得到首先的和最后的屏障

焦典 的诗
JIAO DIAN

想象一枚土豆

像一枚土豆
你侧着身睡着
身前蜿蜒　身后冷清
成为初春与深冬的分水岭

我不敢闭上眼睛
害怕醒来就到了黎明

床是一个巨大的想象
我们正走在泥土地里
看着男人　女人　和他们的狗
谦卑地亲吻田里的土豆

没有任何一种情感
能凌驾于其他感情之上

想象一枚土豆
切去有毒的芽
妥协地　一声咔嚓
是这个世界的声响

泥土干了　鲜血呢
匕首还在　愤怒呢

土豆在说话
但是大多数的土豆沉默不语
我们把茎叶举在风里
四下里一片静谧

只有深埋　才能生长

母亲

两个重叠的身体,门缝里用手捂住的眼睛
惊呼,轻微得像闯入者抖落的烟灰
茶色玻璃透过一团暧昧的月光
无形的想象之物覆盖我,给予轻柔的保护

绿色的一百四十四个方块,走出这扇门就是实在的生活
我穿着干净的灯芯绒外套,等待你所说的富足结局
在庞大闷热的夏天,所谓结束
不过是,麻将牌碰撞时的一声闷响

寻找归去的路径是徒劳的,一条睡眼惺忪的道路
即便保持双眼睁开,也没有桥能通过裂痕
脏衣服悬在空荡荡的衣柜里,长斑的狗,几个男女的汗渍
云南人,或者是个贵州人
水烟袋涌起一串暗号
桌子上放着天平与朋友,抽屉里,
手指测算收割的时机。家乡,
有时落在我们前面,这个人造的词语是片泥沼
笑声,我童年的另一结局
明亮的黄色水晶吊灯房间,长大后
那种没有疑问,含着太阳的房间

在城市公园或者河滨路,灼目的光刺痛双眼然后你
哭着钻进冒着黑烟的皮卡车,消失在白昼之间
你穿着喜爱的黑色裙子,画面如蒙太奇不断闪现
在车窗后面,你对我说:对不起
家是一辆出租车在午夜十二点的马路上
灰蓝的、橘黄的,离圆满一步之遥

多年以来,我所学习的,不过是仙人掌的刺向外生长
仅仅如此,我为你朗读药品说明的紧密文字
西面,太阳沉没的山顶上,浮着毛月亮

再见

冬天碰到山石就被击碎了,但雪没有如期落下来
远走,把鸟揣在怀里
父亲,原谅我做出这个决定
家乡的岩石裸露,我想沉没,却找不到湖泊

在遥远的城市里有属于我的一块湿土
推门。进入。填满。
蜷身在我能到达的身体最深处
里面是黑夜,父亲,你看不到我以致在家门口迷路

听说窗台的山茶忍不住开了,像梦中小新娘脸红的模样
你怀疑,记忆里揉皱的信纸,最后变成了我胸前的两只鸽子
在风中展开,铺平
握住筷子顶端的手让你心悸
鱼缸里的鱼顺着下水道滑走

从镜子里捕捉的那个我,闪烁
恍如当时,躲避婚姻翻墙而逃的你
在身后留下磕磕碰碰的轨迹
从瓷碗的破碎里逃离的米粒,是我

传言说,炊烟会吹向有福之人
烟火趁着呼吸的停顿钻进来,制造平凡安稳的幻觉
我们的耳朵倾听同样的风声,我害怕
雪落下来之后一切殊途同归
父亲,你熄灭香烟就会看到一个从不相识的孩子
但叹息一经出口便再也不能回头

立春速写

如果新生值得喜悦
昨夜冷却的茶杯同等珍贵

清晨有人焚香祈福
玻璃窗睁着开阔的眼,在空气里看见阳光的泡沫
一群海鸥路过,把西伯利亚青蓝色的大海挤到湖水里
三月归去,多余的温暖于它们没有价值
人们擅长绕过碎碗、刀口以及坚固的瘀青
相信喜悦的预感
如同箱子里腐烂的青枣,散发新鲜的苦味

行人寥落,尘土柔软地上升
道路得以抖落身上虚妄的脚印
店铺林立,紧闭铁灰的门户,等待一只手递去爆竹
引擎都熄火的时刻,肉质的心脏才开始跳动
但用不了多久,行人车马将重新冒出,如春笋顶破安歇
景星街、园西路、正义坊……
名字在使用中把身体磨平,消失在春天巨大的比例尺中

蛰虫振,菊芽冒土,春风似剪刀
争相剪去丛生的缓慢
风被赋予原始的动物性,掠夺一切以供生产
如此你无法保留自身,就像无法在太阳下保留一粒雪
贯穿万物身体的,是切割的声音
今夜除夕,觥筹交错
梦中幻想明天的人被迫惊醒,开始计算归期
有人早已在内心埋下蒲公英
开放,而无需见证

杨依菲 的诗
YANG YIFEI

凌乱之海

你的开放简直是在侵略
你一说　你爱我
你就把我变成了值得爱的

谁也拦不住你的那些漩涡
把周围的蓝色渐次松动
你在人之中钻研　把他们也擦拭成
新上岸的　滴着水的

但这里的事情　每一行都在受炙烤
恨你的人　正读得非常专注
从近或远　猜测着宇宙里

过客下沉　黑暗发亮
睡者拨开催眠人的表情
看咆哮　毛衣和十字架飞着
恨你的人　依旧恨得非常专注

我想你越笑越深　你继续
往内心深处递进　继续往四处八荒开花
我想你继续不着边际
在冷礁石的外边
把你糟糕的调色盘泼向我们吧

速写系列·本子速写

一场病
爬过来，把书
蛀空成了本子。

对视片刻
两眼空空的老朋友
嘴里含满元音
表情缺少页码。

一场病
像一列持枪的迷彩长裤,
优雅地横穿城市,
使一本书接受清洗,变回
洁白的本子。
无需任何一段注释,
它的身上,已没有什么
可供再死一次。

它被搁在批发货架,
像一位微笑中的老奶奶,
紧挨着前后左右的老奶奶
和她们印刷一致的微笑。

很笨的圆

人们凌晨五点穿着睡衣追到了
这个角落却只剩一个圆在深吮
浅紫色(夜的岩浆淌了
满墙)人们中击落了星星
的那个放下弓说星星知道
装模作样地窝藏进一朵花的脸
把自己养活但这一个圆却很笨不知道
地上的花都会弹出指头似的花瓣以供
时光的唇没打滚(所以天上的手
总是垂下来够)人们中
最小的那个哭了起来因为一个圆
透光的皮肤能被星星的呃嘴

动听地剪开而他宁愿把星星
按进一颗石头里揉灭它天生的表情来让它
融入顽固又黯淡的背景（在墙壁边
搓汗的手还没有罢休）为了不让
哭声吵醒尚未揭开窗帘的邻居
人们轮流举高镜子预备在
对视那刻刺伤黎明的眼睛

空教室

你听见教室忽大又忽小，
瓶子里何故鼓满了风。
女学生们夹着书走向很远。
最后一个早晨，教室彻底空了。
阶梯徐徐淌下。

教室空了，年迈的同学进来，
还有你的爷爷奶奶。
你听见他们是一批批地登上
最后一个早晨，吃水较浅。
你听见是阶梯送他们来。

他们抬手拭平皱纹，
手帕温热将目光擦黑，
在老位置入座成新同学。
后排的女孩蹲下，想捡滑落的围巾
但围巾太快地顺着哪儿漂走了。

白嫩的爷爷奶奶们
嗓门脆生生，重温课文。
你听见人们隔阂一切，并不团结。
空空，但时厚时薄，
瓶子畅饮着你听见的所有声音。

明天就是寒假了，所有的老师
都顺着哪儿漂走了。
一些直立不起来的象形字
解开部首，躺进流水声，
轻浮地陈列于空椅子下面。

鼓满了风的空瓶子，
就只是虚无缥缈的空瓶子。

你晃动手里水淋淋的沉重围巾，
你找不到可以交谈的东西。
你听见瀑布声里又漂来
一只奋力生产的小母猫，
你把她的纯白的回声留在空教室里。

花纹

我抱着你的盒子，一直抱着
失灵的双腿插在雪里
像过不了冬的植物
在酸楚的坚持里
耗尽呼吸的截止日期

你渐凉，你熄灭
这结局不能怪我
我一直将你拥在前胸
我烧得最穿、最热、最无保留的地方

里面，紧急的场合
你不知道有个她急着出来
夜以继日地敲门

你不知道门内
是被深秋的吵架染红了的狂欢聚会

你不知道也回答不了
一群人里,是不是总会有一个走向你
总有那么一个,会问起,声音比皮肤还轻
是不是

那狮子般野掉的风
那醉眼般颠倒的风下小路
那被迎面吹歪的笑脸,在路上
瑟瑟抖着的一丛
也会问起
是不是

而我抱着你的盒子已经太久
太久
我等着有个人来,从我的手里
把它接走
该脱落的,请别继续站满我的手臂
该夜半凋零的,请别再咽血嘶鸣至正午

汪峰 的诗
WANG FENG

挖石填井

那顶着王冠的人在挖石填井
春天是一块汗斑
那挖石填井的人手臂在旷野里延长

油菜花上有一口井
春天总会发生井喷
那填井的石头是惊雷的一小部分

雀舌

门前一春水，长到坡前绿
她指着杯子，我就看麻雀飞
她指着圣人，我就到池塘里倒拔垂柳

都是什么事呀，她在闹钟里起身
掰断横梁，眼见阳台上的花朵非生即死
眼见她手臂上长出令人生厌的鸡毛

到我的国家来流淌自行车的铃声
不上锁。学习飞翔是一种软骨病
拎着菜篮子里饥寒交迫的暴怒
假装仁慈　陪我醒着

壮志已酬

野花是我的近邻
滚动的铁环是童年的近邻

那骄傲的王子披着人间薄釉
翅膀的旷野有野马扇动

一柄犀利的刀锋张开口子
那断头的雨丝合着雷霆之威

萨福

必然先于天空
站起来，彗星
从洞穴里涌出

坐在灯光的底部
我在读一本书
"读与不读"是不一样的，一本书
可以掀翻器官里
青蛙的低垂

我要在黄昏时抵近萨福
在起伏的大海的页面
翘起石头和盐的尾巴

斧头

他少年时扔出的斧头
在中年的山中拾到

你说："少年时在院子扔出树木
估计会在中年的脑颅里拾到斧头"

白与黑

在一亩三分地里
我种牙齿　种锄头
然后我浇水　施肥
在一亩三分地里
会长牙齿　锄头
会开花

牙齿开白花
锄头开黑花

萝卜

向下，可以埋下，
粗壮的草根里蓄满泥与水。

清风徐来，
到处都是急着回家的人。

你是荒凉的郊外。
你是顶着阳光
却在内心栏厩里左奔右突的小羊羔。

是什么滑入泥沙，
十指落到你身上，啊，你不可能
因为害怕雪　而抓破了脸。

石头记

满河的石头想着离开
有那么几颗石头相当固执

在人与人之间,春光明媚。梯子开花
大地上就黄金踊跃,我是说
油菜花

看到了吗,坐在河滩上恍恍惚惚。
一颗石头的边际线有些弯曲,
都是被油菜花香熏的。

稍远一点,还有一颗石头,
看起来是大地赤裸裸的荒废。
或者说你是在石头体内锁得过紧的蓬勃。

卢圣虎 的诗
LU SHENGHU

茵特拉根广场的鸽子

一只鼹鼠一定会爱上海鸥
如同海水爱上蔚蓝

我有很多梦想告诉大海
一根线拽在人间，忐忑如风筝

花儿已由野生变为豢养
鸟儿掠过，使我黯然

比如茵特拉根广场的鸽子
甘为游乐园的艺妓
就在身边扑腾，轻舒而浪漫
眼前的觊觎就是一种危险

晚宴，主人会献上一只乳鸽
我艳羡它年轻，永难见到它的老年

无辜者

来到人间
初始都是无辜的
因为要度过
才会出现偿还
那些只有自知的罪过
留下生生不息的
给予或清算
惟有一路自证
贴近地面的苦乐荣华
直到诞生下一个无辜者

换眼镜

这是一扇窗口
离我的心灵最近
它使远方更加清晰
辨识身边之物与我一同衰老
唯有面对汉语,我要摘下它

它倦于夸张和虚假
我要不停地调试更高度的面具
磨损的镜片往往七零八落

这一次,我的想法仅停留了一晚
它就从手边滑落
破碎成难以拼凑的片断
我把它收殓起来
藏起又一段暗淡而分散的光阴

竞岗记

爱人单位要竞岗了
她报了两个岗位
但据说没戏

熬夜写演讲稿字斟句酌
改了一遍又一遍
声情并茂地在家反复朗读
一再要我指点
是否有足够的敬意和谦虚

她年过四十
月薪二千八
竞争上了能涨一千
为此,她练习了很久

昨晚还特意买了根便宜的甘蔗
她说,得先让自己尝点甜头

今早八点,仪式将开始
她六点半就出门了

距离

我躺在她身边
她不会梦见我

我离她百米之遥
她总能在梦中找到我

我在地上煎熬
她再苦也含笑

我若在地下安睡
她会不停地哭

方位论

在农村
我看到越来越寂寞的原野
它的底色是广袤的天空
在城市
我看见周围全是奔跑的面具
载着捉摸不定的灵魂

白天,我要努力穿过
一个又一个空洞的戈壁
夜里,我才能安心想一想
慈祥而蓝蓝的海洋

住在京城的朋友说
满街的官都是吏
活在县城的百姓说
再小的吏也是官

我还发现情感也分地上地下
生与死只隔了一层布帘
在地上，我爱着很多人
在地下，只有你还爱着我

铜草花

有它盛开的地方就有矿藏
有矿的地方不一定面露紫红
它似小草，其实是花
没有衣裳和叶片，只有不言不语的嘴唇
当暗铜在地底沉睡
它会指引人间大兴炉冶

有我的地方必有灯光
有光的地方不一定照着我
我是小草，也是花
没有华服和背景，只有掩于丛林的烛光
有人迷路了，我会给他烟火
外面流星大步，我默默将青果擦红

小区清洁工

她也曾经年轻貌美
也许儿孙满堂
不幸成为小区垃圾的代名词
人们怎么看，她已无所谓

她苦恼的是
有时比垃圾还嫌弃自己
它们还可回收利用
而她，就等着被掩埋
没有人会记起
一个起早贪黑的清洁工
从老家到小区
曾经扫过数不清的落叶

王清让 的诗
WANG QINGRANG

你为什么写不好诗

小薇
接到市诗词协会的通知
明天去养猪场采风
高兴得一蹦三尺高
太好啦！明天终于
可以写诗了

在济南

她在靠窗的1号卡座
我在靠窗的3号卡座
她要了一份玉兰虾仁
我要了一份青椒肉丝
她边吃边看窗外的天
我边吃边擦脸上的汗
她背着一个棕色的包
我背着一个黑色的包
她捋了捋额间的刘海
我扶了扶鼻梁的眼镜
窗玻璃映出她美丽的
脸庞，她冲我笑了笑
窗玻璃映出我英俊的
脸庞，我冲她笑了笑
她付了账，我买了单
她走向了济南火车站
我走向了济南火车站
进了候车大厅——
就融入人海，各自走散

抽烟

毛叔一个人走在田野上
毛叔一个人走在一望无际的田野上
毛叔一个人走在一望无际的天上挂着月亮的田野上
毛叔顺利地来到了二号井
毛叔坐在井沿抽烟
毛叔的影子也坐在井沿抽烟

小实验

那时候
鸡在树上栖居
猪在大街散步
爷爷奶奶的影子
还在小院里晃悠
有一天，我抓着木梯
悄悄爬上老门楼
取走鸽卵，放进
两枚鸡蛋

请给菩萨带个话

自从媳妇儿
得癌症死后
老张就再也不去
西莲寺烧香了：
"他对不起我
我也不会敬他。"

"妈——"

从此以后
回到家

这个世界上最美丽的字
我再也没有资格喊了

从此以后
回到家
谁还能喊出这个字
谁就是我最羡慕的人

我见过世上最疼的目光

是我大学同学郭智慧
新学期开学不到三个月得了精神病
白天见谁给谁下跪
晚上撕作业本叠元宝在床头烧
其父亲听到消息放下锄头从大山里
坐一天一夜的汽车火车汽车赶到学校206寝室
第一眼看到儿子的那种目光……

白条鸡

老板问
用剁么
我说不用
其实，不是不用
是我不让
我要让八十岁的父亲
自己磨刀
然后，在案板上
duāng duāng duāng地
剁出年味

李文锋 的诗
LI WENFENG

孤巢

失去了所有遮掩,暴露出
一个"家"最原始的真相
鸟儿飞去更高更远
返程归巢,路线更加清晰
起风时,树叶飘摇坠地
紧贴着根,每一片都挂满泪痕
想起村口岗上那株老槐树
那年我九岁,站在树下
暮雾霜轻,听见母亲唤我回家
一声声,传去很远很远
我没有回答
就那么一直望着远方
望着远方那条
姐姐们过年回家的路

独臂泳者

水库狭长
他保持着同一个泳姿
半个小时过去了
快一个小时了
缓慢移动
一寸、两寸
几乎天天如此

那天我下水后
与折返回游的他擦肩而过
水下清晰透明
他一只胳膊划水

左边一下，右边一下
感觉每一下都拼尽全力
像是在重复一个大写的"人"字
一撇、一捺
一撇、一捺……

粉碎

一块块石头
被机械的铁铲送进破碎机
我站在操作台上
目睹它们一一粉碎

远处崖壁上
霞光猩红
一个篆书的"虎"
张开血盆大口

像羔羊立起耳朵
我夹裹在洪水一样的车流
像运输皮带上翻滚的石头
跌跌撞撞，历历在目

镜子

每个人都是面镜子
照着别人的时候
别人也在照你
我们和镜子一样
永远看不到自己背后那一面

金属打磨到锃亮
清澈透明的水

玻璃经简单处理后
都是镜子
都能照见影子

我总在出门前认真照镜子
生怕忽略了一丝丑陋未被掩饰
那些怎么都掩饰不住丑陋的人呐!
你敢从镜子面前经过么?

镜子里的影子是表象
有时候镜子能照见人心

落梅

屋内,燃着煤油灯
亮在父亲病榻前
被烟卷熏成焦黄的手指
将左手上端着的书
又翻了一页

屋外,雪落无声
父亲咳嗽声又起
寒风,凛冽刺骨
我突然想起河边的那些梅花
该绽开了吧?

天亮后,我推开门
见屋前树下殷红点点
我记得,枝头挂着冰凌花
父亲咳出的鲜血
像蜡梅开败,落了满满一地

李路平 的诗
LI LUPING

秘密

当,你把私密的东西
要我保管,我便
成了你,私密的一部分

我应该遵守约定,这些
秘密,对人绝口不提
像一把牢固的,不
像一把生锈的锁
就连你也没有钥匙

我可以看见它,在夕阳下
或者安静得充满思念的时候
一个人悄悄打开,独享着
它带来的喜悦和冲动,向往
远处,一扇虚掩的门

你拥有我了,当我
和私密锁在一起,互相爱惜
我是你唯一的钥匙
你打开它,也就打开了
我的身体,里面的所有隐秘
不再害羞地捂紧自己

床

我消耗所有的热情和
灵光一闪,直到疲倦地躺在
床上,像深沉的失败者

听任鸟鸣啄破虚空中的一
张张白纸,这些尚未成形
的杰作,仍然折磨着我
仍然不倦地在内心的最深处
引诱我跳入天空的漩涡
带着床,带着房子
和所有的俗世生活

镜子

当我试图看清自己,就像
走到镜子前,镜中的人熟悉
而又陌生,他的茫然与我对应
他的眼神却另有意味,我能
感觉到他的痛苦,却似乎又
更加浅薄,他似乎充满欣喜
但无法遮掩一丝冷漠
我不断变动身形,试图与他重合
有些地方仍旧空洞,透明
有些地方仍旧晃动着虚影

雨

我数次停下手里的事情
站到窗前看雨
雨时疏时骤,打在柚树
和铁皮上,发出明亮不一的声响
有的消失在空气里,有的顺着
窗玻璃流下来,急缓分合
又晶莹剔透,它们保有破碎的美
总是在夏日的黄昏降临,无人可以
阻止,也无人可以逃避

我的生活

晴天时,他们尽情采摘太阳
用曲张的身形和五颜六色
的纺织品,没有人在意
阳光滚滚而来,即使遥远
仍然可以感觉到他们的欢欣
变换的手势,散发出一种
和太阳相似的光线,温暖
乃至灼人眼睛
站在楼层起伏的阴暗里
我感觉到自己与他们的不同
冷硬的墙体就像外衣,我赤裸着
任漆黑的水流遍身体,寂静
从里面包围我,眼前是
一望无际的生活,比阳光下的世界
更加辽阔,我站在自身的阴影里
闭着眼睛,也可以看见它的尽头

停留

他们到底要停留多久,或者
你看够了这里的风景吗?也许是
因为过于投入,你早已忘记
他们也是风景的一部分
终日在生活里奔走,种几盆花
从你的楼下流过,你隔着
木质地板,像倾听
梦里的一场演奏,当你醒来
你会醒来吗?
高耸的荒草簇拥世界
你必须一点点将它收割

你告诉我,死亡也是一种收获

太阳慢悠悠升起
野鸭子走出了芦苇地
雾悄悄地铺盖过来
树影在你的镜片里,模糊又清晰
你告诉我,死亡也是一种收获

冬天的土地显得肥沃
远处隆起的坟包,仿佛更圆了
雾时聚时散,像有人穿行
你告诉我,死亡也是一种收获
旷野里天冷气清

听不见草木苏醒之音
太阳走出油画,伸展腰肢
你告诉我,死亡也是一种收获
河流对岸遍布村庄

李荼 的诗
LI TU

如果我是轻轨驶过通州,我愿意

当轻轨轰鸣着经过通州时
我正提着两袋卫生巾
站在高架桥下

高架桥被突然而至的强大气流
震压得仿佛将要塌陷

我站在高架桥下——那
闪着光的冒着烟的亮着无数窗口塞满疲倦人群的轻轨
正从我头顶轰隆而过。一瞬间,我突然觉得我特别的安静

啊,如果我是轻轨经过通州,我愿意!

一个人安静的时候像尸体一样

一个人安静的时候像尸体一样
一个人沉默的时候像聋子一样

一个人不安静也不沉默时候
也不能像她屋里养的植物那样死去
也不能阻止鸽群从脚下扑棱棱乱飞

秋,安静来了
像下午6点钟的搬家,缓慢而迟重
寒流鞭子样抽在身上
——啊,有些什么比看见的更可怕

那么,活从哪里来

红旗家属院

这里有植物
我一直喜欢玉米

也喜欢猪
红旗家属院里
什么都有

我在盛开的辣椒花中间散步
那是我的花。白色的花。

读《易经》有感

乾是天是刚健。坤是小牛是母牛。我受不了

当然坤也可以是小妾是白杨树
而乾只能是天是刚健,如此说来,我该如何理解一截木桩、一簇芦苇
它们如何生长?又如何散发臭味?

——我心情烦躁。
合上《易经》。室内平静,外面很糟。更糟的是冬天已经来临
我冻得鼻涕清流;我需要一个暖水袋,还需要——遇见你。

谁能比我的毛巾更安静

当它独自挂在洗手间的挂钩上
整个房子安静下来

一条安静的毛巾比爱的揪扯更可靠。我有。

伤害

夏天,我模仿蝉鸣
冬天,我模仿温泉冒热气

——我模仿大雪纷飞也没有用,我已身心疲惫。

你不要再说了。我们不再见面。永生不再见面。

当谎言被戳穿,需要制造更多新的谎言来弥补,而——今天已回不去了!

我模仿风中飞卷的屑叶——它已经腐烂。

我无法模仿乌龟

我无法模仿乌龟
因为龟背上会出现
星辰布阵的图样

我不能——

我模仿沙发
当晚年的躯体坐上来
我忍受她乳房的松弛和里面
正在发生的癌变

不能自已

月光和刀子不是我
背叛和允诺不是我
最早开放最晚凋谢的月季不是我
阴暗,肮脏,粗糙,写着下流语言的水泥楼道不是我
楼道里发疯的喊叫不是我……什么都不是我

我永远找不到我

当阳光射透分叉的柿子树
而黑夜来临。我站在树下
和树一起把活着和爱，补进夜晚。

幽闭

我几乎不出门

不写作的时候，也不做饭
当不可遏制的抑郁来临
我选择打扫卫生

厨房　厕所　门廊

我会把木地板拖得
不留一根头发
我会把垃圾桶擦得能当手电筒使

然而，我盼望下雨

如果干燥的北京能迎来
一场铺天盖地的大雨
我会欣喜地冲向阳台
俯瞰我家楼下杂乱的街道
由紧张
渐入舒缓的状态。

牵牛花

它们爬得到处都是
它们没有尊严

这个秘密谁都知道——谁,都不说。

楼道里安静得像一根黄瓜

将牛肉焯水
撇去浮沫
连同作料一起灌进高压锅

大火上来,改为小火

现在是下午5:40
孩子还没回来

楼道里安静得像一根黄瓜。

李郁葱 的诗
LI YUCONG

除夕

1
一开始我们是完整的,
在多日之后,我们再次回到这里:
从拥挤的春运和分开的人群间
如果时间改变,或者
它被缩短为一瞬间
照片里的容颜,在认出的片刻
孤寂消逝,但房子低伏
即使它有着高大的门楣和窗棂
一个循环的时间是封闭的,
那些风流动,时间的种子,
万物之始吗?
不,我们从这里出发,又回来

2
来到这些时间,
从舌头和沼泽所燃烧的篝火间
那些弹奏着光亮
和黑暗的日子,让我们放松下来
松弛于一种莫名的倦怠
冷冬将成余烬,个人总结也已打印
一年只是表格中简短的字句
有什么一直追随着我们?

一年将尽,一年之初
是的,遥远的爆竹声,
"凶"兽将临,它虎视眈眈
那么多年如影随形,
或远或近,在我们的呼吸和薄薄的

影子里,落叶摇摇欲坠,
树枝累了,如果有血液返回到躯干
我们需要有一个新的空间
或开始

3
那么闲暇,那么缓慢下来
聚在一起——
在美酒和佳肴里,放肆于
那些浅薄之辞,或在虚浮的笑声中
感觉到生活的重量
有一些事物推门而入,
趁年华?感知于夜色的凉薄
这一刻,是否有着更多的区别
比如鼾声
和几乎凝滞的温度计,携带着

记忆,远眺。睡眠的节奏。
以及我的保持。
当岁月将尽,冬日将尽
那些时间的灰烬,在光阴的侧面
一个守护之夜的疲倦
未遂的雪积膝,声音空漠

我让身体放松下来,完整于自己。

正月初一

1
空气有着最初的稀薄,像阳光
有着开始时的柔软。窗含西岭,千秋在睡眠之外

一条街波动,看不见的涟漪,谁闪着
那一瞬的雪意?开门即喧嚣,沉静如花开

我们把它命名为开端,一种仪式:
岁之朝,月之朝,日之朝。或许是一种出发

屋檐下,水滴成锥。疲倦者拥被高卧
一年的雪下在他的身体里,一年之始的荡漾

像孩子从枕头下摸到他的早晨,经济的喜悦
自由为他裂开的门缝,白驹过隙时小小晃动

2
无法守住的岁,正是东方微澜的恍惚
而扫帚灌注着它东方的魔法:休息的一天

我们怀抱着富贵的气息。不可扫走运气,
不可把水泼向外面①。如果是出于自省和内敛

我听到遥远的爆竹声里躲着的神灵
它依然悲悯,灶神、厕神们依然各司其职

把这一天过得如此简单,近乎透明
但转眼就是白头,我在这一天醒来

春天在身体的暗处扎下了根,它破壳
睡着时我得放松那些紧张和防御——

①正月初一有风俗不可动扫帚,不可向外泼水。

正月初三

1
羊日。但愿天气晴好。
来自于女娲随手捏出的形状:
这一日我们不可宰羊,

为了这温顺的动物
驯服的叫声。我们走过庄稼的阴影
悲哀于事物以循环的方式
打开我们:

但我们可以宰鸡,杀鱼,在短暂的怜悯
和对饕餮者的举杯后
"烧了门神纸,个人寻生理"
日已高出,露滴尘土
松柏的香味里,举头三尺
终究有出门的理由,新就是旧

2
有小小的触及,
比如果腹之物的生日①:感恩于这赐予
我们当禁食米饭,当祈祷,当五谷丰登。

3
风和日丽,不如走亲访友
对饮,有若干的回顾和展望

或登高,树叶稀疏正好适合远眺
风压住了树枝,而台阶高过我们的膝盖

江山值得斟酌吗?不,
我更关心于这些俗物,像一条仿古的商业街

兜售离我们远去之物,轻的,廉价的
不可遗留的吻,隐藏之深的问号

明天有雨,降温,但今日微醺
落在纸上的海市蜃楼:且饱食终日

①民间以为正月初三为谷子生日,这一天祝祭祈年,且禁食米饭。

正月初四及空白之日

石头里有紧闭着寻找绽放的花？
蜜蜂在盘旋中能寻觅春的气息？
风吹过的书页，有着海般的浩瀚？
我读到的命运，在睡眠的深度里？
这一天没有特殊的意义，我整理书房
他们的经验和我有关吗？
关于这一天，没有别人的解释
所以它是我的，我喜欢在平淡的空白中
写下这微小的颤动，残存的
没有那么拥挤的日子，嗅到
樟木的清香，从夜色和尺蠖的距离间

正月十五

> 蓦然回首，那人却在灯火阑珊处。
> —— 辛弃疾《青玉案·元夕》

1
闹腾着，千树万树的灯，夜之花
人是这低沉苍茫中的剪影
深度，不如看他们杂耍，看他们
用微亮，或灿烂的光
敷衍出这样的繁华：春过十五
春衫薄去，而春意如此流转

如果选择了一个面具，身体里
就会钻出这样的动物，孩子们选择
糖果的形状：那糖，化身到他的身体里
这一年，他像这动物一样撒野？
提前挥霍了一年的快乐，
它是一个总结，我们幸福的宽度和狭窄

灯亮了，把灯点到这一年的喉结处
把灯汇成海的波纹，并扩散于
城市的深处，而在乡村成为风的呜咽
让灯照亮你所看见的方寸之地
甜总归会消失，从舌尖
移到胃的料峭：我们有多大的饥饿？

2
点灯。
汉，一天；唐，三天；宋，五天；明，十天……
辞旧迎新，是否一切都可以原谅？
我不为消失了的羞愧，对还未到来的
我并无期望。

白昼为市，综合体里喧嚣盈耳；
夜间燃灯，夜色之中星光黯淡。
在记忆的边缘，它花样翻新，欲与天公
试比高？这人间的模样？好吧

孔明灯升空，犹如融于水；
荷花灯漂远，仿佛满天星。此刻
有灯照亮我的声音，它点亮谁？

3
无不散的筵席："十一嚷喳喳，十二搭灯棚
十三人开灯，十四灯正明
十五行月半，十六人玩灯。"
南柯一梦，在鱼龙之舞中，人世的
草蛇灰线，或是这一天的明亮

摩肩接踵，抵不过这簇拥的场景
聚、散，无非是两字
远离和回归，花灯骤亮迷住了人眼
但我们猜出那些谜了吗？有多少猜出

并不说出,比如休息也是疲顿的

流水不腐,到处都是这样的面容
去岁和今夕,无非
循环往复,像沉下了的劳作
良宵将尽,寒暑轮回,昼夜的尘埃间
伺立于它之间:蛋白质的75千克。灵魂的21克。我。

诗歌地理

Poets Geography

孙文波　诗选
193
阿　西　挖掘的诗学
201
梁晓明　诗选
211
霍俊明　"我和革命越走越远"
220

sun wenbo

孙文波

孙文波。1956 年出生。四川成都人。作品被收入《后朦胧诗全集》《中国二十世纪新诗大典》《百年诗选》等多种选本。部分作品被翻译成多种语言。曾参与主编《中国诗歌评论》《中国诗歌：九十年代备忘录》。主编《当代诗》。迄今已出版诗集《地图上的旅行》（1997）、《给小蓓的俪歌》（1998）、《孙文波的诗》（2001）、《与无关有关》（2011）、《新山水诗》（2012）、《马峦山望》（2015）、《长途汽车上的笔记》（2016），文论集《在相对性中写作》（2010）。

孙文波诗选

相对论

巨大反差：阳光下黑暗的话题，
把我们引向心灵的最深处。在那里，
有一些东西是不能触动的——分离，
或者死亡，总是把我们朝绝望的方向推，
为应付它，我们需要彻底懂得虚无。
但是谁又能真正懂得。因此，我更愿意谈论
生活的表象。譬如今天，我愿意谈论
户外的阳光，明晃晃的光线下，
人们在矮树丛晒花花绿绿的衣裳。你看一下
这样的景象吧！我总是从中感受生活，
它们从来不哲学不神秘，不把人引向想象的黑暗中。
也许我可以因此告诉你：生活，是一次次洗涤，
在绝望时洗尽绝望，在沮丧时洗尽沮丧。
它使我哪怕冬日午后沿着河岸散步，
不论走在青石砌的小径，还是踏入枯黄草坪，
都在努力地寻找让心里轻松的感觉；
看见河水清亮非常享受，看见不知名的雀鸟
从树丛中飞起，也能从心底涌出喜悦。
或许，你会说这些仍然无法留住我们的生命，
死亡终将到来——死亡！我不否认它。
但我希望，活着时，享受活着的乐趣
——我知道死亡绝对，我们不过相对地活。
我与山相对，与水相对，与鸟相对
在相对中，用相对的喜悦，反对绝对。

辛丑年海南变体诗

在金盘，我只是静静地待着。在遥远的
海峡那边，你坐在面对流水的阳台读书，
词语在你心中奔豕。自我放逐的旅途，
形孤影单，夜晚在四面透风的屋里，犹如圣贤。
不一样的场景，决定我们的不一样。知道罡字

的正解吗？枯燥阅读中走出另一个人，
眉头紧锁。在冬天枯涸的澧水边，坐在堤岸上，
望着河中移动的挖沙船。我不能确定的
是很快的转移；力不能高飞逐走蓬，一架飞机腾空。
更不能确定广场上人头攒动，旗帜飞舞，
公共的内心，无数通路目的何在？它们带来
的悲伤犹如变幻的气候，一天冷，一天热，
催生着变种的病毒。某某啊！你还在睡前用回忆测量
过去，用晦涩的诗歌抒情？放大的影子投射到
我窗前的瓷地板上，就像湿漉漉的水渍。风雪夜归人，
黑漆的海面，摇晃的榕树，国家的救亡，
忠孝仁义信，让我看见额头隆起的老人，宽袍大袖，
伫立政治的想象中。他是否愿意这样？如果换成你，
肯定不愿意。你已习惯自己关在屋子里，
世界不过是一帧帧快速闪现的幻灯，但足够你
理解人的终极意义；寺庙、经书、斋戒，不过是风俗画，
比不上内心的建筑。我知道这一道理已经很晚。
几十年来，我喜欢乱想：梦中的虎啸狼嚎，文字的
迷楼，我用它们构建我的雕栏和画栋。让幻象
在雨中粘在台阶上。变了，空空的。说明
什么都是过程。就算有坚硬的意志支撑身体，
也一样。享乐主义、时间只有现在，一次次
把我推到床上，拥衾似铁，灵魂与肉体双修。

我们的现实

词不够了。幽晦的身体下面，
你永远不知道还隐藏着什么。
灵魂，一个很陈旧的词，说明不了
这个冬天发生的事——它是一辆轿车吗？
雪凝结的路上，下一秒会不会打滑，
你无法预料——猜测，你能猜测到什么？
你也不能将之想象成深广的庭院，
或是一种遥远的宗教；圆形廊柱、彩绘玻璃，

以及雕花床榻；古老的风琴正在唱诵中响起
——这太荒唐？一个幽晦的身体
实际上是坚固的堡垒，秘密的王国
有复杂的本能、欲望——对于你它是地狱，
对于别人它是天堂；这是命运的两极
——如果你真要走进去，也许
看到的是思想的牢狱，隐藏着绞刑架、老虎凳
——而迷失会发生吗？这样的疑问，
就是问一万次也不能算多。还可以向更多方向
延展——就像人们总是谈论着星相，
将之说成灵魂的对应体——你能真正了解
高悬在夜空的飘渺光团？其中物质的运动，
能够对应身体经络的运动——进入，
难道不是妄想，不是词的虚假的愿望吗
——应该停止了——啊！幽晦的身体，
词到达不了的地方……，是词的墓地。

麻雀叽喳

窗外的灌木丛，麻雀的叽喳声
不绝于耳，彰显存在。它们的每次发声
属于奥秘，影响着我的思维。
无力进入的世界，令我的想象漫溢，直至
抵达一帧旧画，宋人的怪鸟，在褐黄绢绸上，
腾空跳跃。这是古代的神秘。
岁月中变得无法解释。也许真的是他们所见。
为此我移步院中，目光越过墙孔，
寻找麻雀的身影。偶尔见到一只从树丛一窜而出，
一团黑乎乎的，犹如箭镞的影子，
迅速掠过房顶消失在远处，仿佛被空无吞噬。
不对啊，这种动物的动力学，更加扰乱我的心绪。
让我觉得不应该关注它们。
应该闭目塞听。但是，我怎么才能做到闭目塞听？
必须解决的难题……我能将内心清理

成空旷的广场，或者，让内心成为无垠大海么？
人类的复杂在于记忆。我作为人类的一员，
麻雀的叫声唤起了什么？如果我
说到了过去，如果我说到了神秘，不过是，
我听到自己内心中发出的声音，看到了内心
浮现的图画。哦，麻雀，是不是我的他者？

等于是艳诗

……信天翁。这种鸟我一直喜欢。
先是对它的名字。信天？其实我也信。
翁？一个老家伙。后来看到图片，
好大的一只鸟啊！在海面上，它的飞翔，
如君临。再后来读波德莱尔的诗。
读到它的神秘，它的骄傲。让我的喜欢
更上层楼。我一直想为它写一首诗。
信、天、翁……很多时候我的脑海会毫无预兆
出现它的形象，它的名字也以嘹亮的音节
在我耳畔鸣响。闭上眼睛，它要么
停栖在海边某一处悬崖最高处，打量着大海，
要么展开巨翅掠过海面。画面如铁，
硬嵌在我的大脑。今天，就是这样。今天，
信天翁从意识的大海深处向我飞来。
在我眼前盘旋，鸣叫。让我的心里充满喜悦。
我问，为什么？遥远的南方，高邈的隐士，
孤独的恋人。好多辞藻随它的来而来。
几乎花掉我一个上午面对它们冥思：信天翁。
信天翁。我与它到底是什么关系
（一种鸟可能是鸟，也可能是精神象征）？
信天翁。信天翁。望文生义，难道它
是告诉我：老家伙，你必须听从天命。

夤夜书

音乐——阴雨的音乐,正在演奏
——不是交响曲不是协奏曲,是长箫;
呜咽和抽搐——低垂的是头颅,
摇晃的是思想——哦,如此夜,忧伤如飓风
——忧,忧自然已不自然;忧,社会
在社会中腐朽——三、六、九,
不团结二、五、八,各自在寻找各自的依附
——依附权势的,笑颜如蜜。
找不到依附的,走上放逐之路——这是自由的
丧家之兔,已经失去三窟。这是民主的
落汤鸡,寒冷中瑟瑟发抖——它们
造就了"上穷碧落下黄泉",苍茫,犹如无字天书
——读,读得心枯。读,读得哑默——全是
乱麻纠缠,全是血路梗阻,全是幻想的蒿草疯长,
又阴雨中匍匐——以至于眺望一词,
成为眺望的禁锢——不过是从云起云落中寻找
世界的孤独。不过是观象、乩卜、说爻。
不过是把偶然性当作必然;就像偶然的信天翁,
带来必然的军舰鸟,也是必然的死亡,
遇到偶然的不朽。无用——的确无用——
无用如伍子胥,无用如文天祥,无用如陆秀夫
——白头,湮没,才是归途——曲终人散。
人散曲终——下一曲没有——谁来演奏
——音乐——阴雨的音乐,洗心如大河。

奢侈诗

没有比蓄意让我更厌倦的。突兀,
也不惊奇。穿过墓园的十来分钟时间,
我阅读了好几座碑铭:陈氏伉俪,
乔姓考妣,还有一位张姓慈母。他们代表了
来世。对于我不过是过眼烟云。

我的目的是到海边栈道闲走，那里的曲折有意思。
人性的亭阁指向风景。是冬天
晒太阳的好去处。水面万金闪烁，有绝对性。
自然对应匠心。可以成为下午分析的本体。
的确如此。我或者凭栏远眺，
或者低头凝视。胸中有再造的蓝图。我知道这是
我的自以为是。小人物，也要以我为主。思想中心。
攀登栈道的顶部时，我已在世界上
画了一个圆，向四周弧射而去。
犹如史蒂文斯的瓮。当然并不指向未来。
在这里，我其实关心的是下午四点半钟。按照想象，
我应该到达奥特莱斯的星巴克，
咖啡的温润中放松身体。我把这看作晚年的奢侈。
它是一种理想。贫穷中谈论奢侈是奢侈的。
我容许自己奢侈，把这看作我生活的形而上学。
正是它使我远离人群也能独乐；
我一路研究了一块礁石。几只囚池的海豚。
也在太阳落下水面时，琢磨了它的壮丽。

九宫图叙

九宫格，视觉的偏执。六点后。
山道上的仰视。蓝、灰、黑相间的
天空。手机拍摄。里面的故事，
是暗藏故事。根本是心情。徒步的消磨。
可以杜撰天空的变幻。巫术。瞪着眼看。
怪兽张牙舞爪。也有大鱼翻滚。
想象的提升。静的不静。复杂的隐喻。
令人必须回到绝对现实。山雨欲来风满楼。
复杂的自然即景？可以是，也可以不是。
完全取决几十分钟后的再一次凝视。
如果撕裂发生，一切会全部变了。
一大片颜色加深的云，不是一个奥德修斯，
或者一个如来佛？好像挟带雷霆的怒吼。

以致把傍晚彻底戏剧化；红脸、白脸、黑脸
纷纷登场。心灵的马达开启。飞奔。
犹如猎豹速度。也犹如强盗书中的水上漂。
不简单。真是缺一不可。不能仅从
美学角度分析。还应该加上哲学、伦理学。
会充满挫折吗？就像国家的挫折一样。
会出现转嫁吗？这些，其实是精神加速器。
必须修正。必须不把自然，还给自然。
潮湿的星，羞涩女人从云中若隐若现，
也不要。疏远。拒绝。唯一的要旨。

致传统

卷耳、蒹葭、苤苢。植物在诗中
复活——情爱与仇恨，由它们，讲述。
南方的潮湿，北方的干燥。都一样。
我在这个上午干的事是从发音中
寻找不同。结果没一点收获。这不是无聊么。
对头。醒得早，蛋疼——别人严肃，一提笔，
家事国事汹涌。忧心者众。反衬我玩世。
语言困顿。能否找到一条新路：蒹葭苍苍。
我不能利在乱搭，一个词成为另一词的苦主。
了不得的是，庸俗代沟，庄严成为云烟，
风中飘散如无。我只能吱吱呀。想到造字先祖，
呕心沥血，搞得这个世界花团锦簇，云蒸霞蔚。
如今，却是散乱在主事。瞧吧，洋浜汀人众多。
怎么搞呢？现在的做法是，牵强附会。
成为无主之言，广涉事物。一个挨打的理由
被我提到台面。现在，啊！我把混乱引入诗，
管谁能懂得。下一步的事：写成为泻。
在词中找词就像在火中取栗。这里的结尾，
我要排列它们：君子、小人，道阻且右。

夜晚过墓园纪事

台风。暴雨。溪坪南路。崩塌的山。
阻断的路。一个月过去,还没有疏通。
如今,外出不得不穿过墓园。
不少人一说起就心里惊恐。也有胆大的,
乘月夜来去。我呢?每一次穿越都
心里肃穆。那些墓碑,森森发白,
那些树木,阴影深重。那片海,等于虚无。
激发联想。带来幻觉。某一日我分明
看到群魔乱舞,另一日在脑中响起一曲哀歌。
某一日,海面上漂着白船,某一日,
空中有黑衣飞翔。惊出冷汗。只好不停自语:
神出没。已然思想乱了。不知彼刻在人世,
还是已穿越。如果穿越又身在何处。
这种状况直到走出墓园,回到灯火光明的村里。
细思,这阴阳两隔的世界,一方已成枯骨,
一方仍难以承受,属于什么性质的事。
恐惧,犹如胎印无法褪掉。如同永恒的难题。
好像事关敬畏。是这样么?另一种可能,
也许死亡属于想象的世界。在那里,存放着
我们的未知。哦想象。就在此刻,我想象,
那里油锅沸腾,那里刀山林立。其实
不过是想到但丁。想到阎罗。穿越墓园,
其实是穿越人类思想的混乱。穿越禁忌。

阿西

挖掘的诗学

如果将诗人的写作看成是某种能量的释放，诗人便可分成流星、间歇爆发和持续燃烧三种类型。第一种通常属于青春期写作，激情过后便熄火寂灭，长久的消失伴随着无尽的覆盖鲜有再发现。间歇爆发是许多诗人的基本状态，诗人这行当从来不属于任何一个职业，每个人都是业余的，当生活出现了某种调适性的间歇，诗人才会回到诗的现场。而持续燃烧者是少之又少的极少数，可称之为终身制诗人，他以诗为志业，大道周流与日常市井皆入其诗，呈现出使命担当的特点。孙文波就是这样的一个诗人，他一生都在写诗，没有错过任何一个时期，我把他称之为时代作者，但不是某个时代而是整个时代，是贯穿了整个"新时期"的时代作者。他集个人经验、时代变迁、社会语境和山水情怀于一体，历经九十年代以来各种风雨而不衰，且诗情越发火势汹汹，笔力越发历久弥坚。像岁月中一台移动的挖掘机，他不停地挖掘着个人经验、传统秘藏和生活要义，挖掘着永恒的语言之光。对孙文波的阅读，体悟其诗的各种内核，会为我们提供有意义的诗学发现。

1

孙文波诗歌具有很强的经验性，善于在历史与现实的对位中确立一首诗。他常在诗中把各种认知置于现实，仿佛不是在写诗而是重新确认某种经验，处理的不是具体问题而是普遍问题。因此，我们不仅从他的诗里获得一次次有启发意义的经验，也能获得一种对自己过往生活的唤醒。正如《相对论》所表白的那样："生活，是一次次洗涤，/在绝望时洗尽绝望，在沮丧时洗尽沮丧。"他反复"洗尽"自己独特的经验，而这个"洗涤"过程便实现了语言的饱满，生成诗的风韵。是的，如果以经验代替语言以经验阐释经验，则会导致诗的委顿。孙文波是一个机智的挖掘者，他在挖掘中激活经验，把一般性的存在写成诗。

> 历史的重负，过往的论断，到如今还在发挥作用。
> 乘桴浮于海？圣贤之道的束缚仍然强大。
> ——《纪念奈保尔》

奈保尔是一个英国作家，也是一个"第三世界作家"，孙文波对这位作家的"纪念"不是歌颂式也不是评价式，而是借其反衬"圣贤之道的束缚仍然强大"，这不只是对这个英语作家的一种再发现，是对文学与文化的发现，也是对这个时代的发现。事实上，诗不应沉溺于既往，那种对过去的吟咏不仅难以建构诗的新天地，反而会导致诗意暗淡。我以为经验莫不是关于身体的修辞，是对时代最为坦诚的一次导读。阅读孙文波，在他的诗中总会发现活色生香的语言之花，即便是陈酿也鲜活飘逸。

> 无用如伍子胥，无用如文天祥，无用如陆秀夫
> ——白头，湮没，才是归途——曲终人散。

> 人散曲终——下一曲没有——谁来演奏
> ——音乐——阴雨的音乐，洗心如大河。
> ——《黉夜书》

在寂静的深夜，孙文波借助先人的有限性暗示自己的"无力"，以这黑暗中的"阴雨""洗心"展露的是诗人清寂的悲凉经验。毫无疑问，孙文波将古人的命运和自己的命运并置，强大的历史经验在诗中复苏，发生诗学的反应，增强了一首诗的语言张力。

> 冬天，死亡收获的季节。我仍然
> 不谈论它（不像但丁那样谈论。不像
> 蒲松龄那样谈论）。不谈论，因为死亡
> 是别人的事情，我还没有从死亡中体会痛苦。
> ——《冬日书》

《冬日书》里诗人不去谈论死亡，尽管诗人对此从不缺乏发言权，就像但丁和蒲松龄。应该说，死亡并不是"别人的事情"，但此刻诗人不想"从死亡中体会痛苦"，这是反话。关于死亡的经验太多了，诗人不想简单地发表自己的看法，而只是写出时代对死亡的麻木感——在这个冬夜里。由此，我们可以看出经验可以帮助诗人规避浪漫抒怀而进入当下层面，或者说可以帮助人们实现一次对当下的有效关注。如果一个诗人只是叙述经验本身，将一些常识或俗鄙的说辞重新复述一般，那必然令人厌烦，像一个缺乏新意的唠叨老者，孙文波总能够从经验出发抵达自我：

> 如今，外出不得不穿过墓园。
> 不少人一说起就心里惊恐。也有胆大的，
> 乘月夜来去。我呢？每一次穿越都
> 心里肃穆。那些墓碑，森森发白，
> 那些树木，阴影深重。那片海，等于虚无。
> ——《夜晚过墓园纪事》

许多人都有夜里经过墓园的经历，这个经验很容易唤起人们对死亡的恐惧和喟叹。孙文波不写这些，而是写"那片海，等于虚无"，世道的沧桑与个人的沧桑一并呈现。有时，诗人也在诗中质疑经验，把具体的经验转化成一次抽象的启悟，就像"信天翁"这个名词，三个汉字即构成一次经验的发现：天命。

> 信天翁。信天翁。望文生义，难道它
> 是告诉我：老家伙，你必须听从天命。
> ——《等于是艳诗》

九十年代是中国诗歌的一个阶段性成熟期，既对朦胧诗进行了清算和总结，也开启了叙述话语写作的新风，并且影响至今。孙文波

是九十年代的代表诗人,他的成名之作《六十年代的自行车》就是以自己的经验为写作对象,一反朦胧诗的幽怨与感伤,朴素而沉实,大气而飘逸。此后,他一直以这样的状态写作,并不断有所发展。他以经验入诗,但确是一个反经验主义者,每次写作都是从经验的再出发而不是回归,是一次语言的陌生之旅,这不能不说是一个奇迹。

2

孙文波挖掘着存在的永恒性。他常常质疑此刻所发生的一切,无论是宏大的社会话题还是个人的现实问题或家国命运,都在自己的心中反复过滤,不会听从任何说辞,尤其是那些冠冕堂皇的说辞。他的挖掘不是沉思,不是推理出某种方案或路线,而是玄思,并在玄思中完成一首诗。玄思既是形而上的也是形而下的,没有逻辑约束,完全敞开和随机。这有利于完成对于终极问题的挖掘。当诗人进入语言本体,写出一首绝对的诗,一首从未被写出的思之诗——诗人便陷入了永远无法接近的玄思状态,写作构成了一次对语言终极的挖掘。

> 在金盘,我只是静静地待着。在遥远的
> 海峡那边,你坐在面对流水的阳台读书,
> 词语在你心中奔豕。自我放逐的旅途,
> 形孤影单,夜晚在四面透风的屋里,犹如圣贤。
> ——《辛丑年海南变体诗》

诗人在"金盘"这个居住处神思涌动,反复回味"自我放逐的旅途"。这旅途漫长如一个人的海岸线,足够孤寂与神秘。诗人在回味中思考生命与死亡,不断质疑与否定,任由词语如"豕"在心中奔走。诗人在玄思中挖掘,也正是玄思让诗人时刻处于诗世界,实现存在与虚无的同构。孙文波在玄思中处理虚无和时间这些命题,寻求事物最本质的属性。虚无不是诗的主题本身,但诗几乎与虚无同在,写诗既是在创造乌有,因为最好的那个词在虚无之乡,而乌有让诗人的灵魂更加充实、强大。"几十年来,我喜欢乱想:梦中的虎啸狼嚎,文字的/迷楼,我用它们构建我的雕栏和画栋。"(《辛丑年海南变体诗》),诗人对事物本质的探究越发痴迷,就越发对语言有所倚重,从而挖掘出更多"玄思"之诗,而对终极意义的挖掘就是对诗的发现。

玄思,是诗人之窗——让他看见没有边际的广博世界,实现对未知的挖掘。什么是玄思?玄思是否也是虚无的存在?玄思对诗人的写作到底有什么意义?玄思中,语言处于绝对的存在状态,发现了时间与死亡的虚无性。孙文波在玄思中完成对当下的思索,写出关于当下的诗。玄思的过程亦把语言带往精神的圣地——诗人所要呈现的内心风景。尤其是当诗人面对核辐射、地震、新型病毒、生态迅速恶化、战争等无力处置的问题时……语言处于无力状态,只有玄思让诗人充满激情,给予现实无限的关注。玄思是一种热爱,正如下面的诗句:

> ——我知道死亡绝对,我们不过相对地活。
> 我与山相对,与水相对,与鸟相对

> 在相对中，用相对的喜悦，反对绝对。
> ——《相对论》

正是死亡的存在，才要求活是一种义务，而活着也是一种相对的死。但是虽然如此，诗人必须在现实中去挖掘"喜悦"，去实现有所作为的人生。在生活巨大的阴影里，死亡与生存互为存在，诗人以玄思的方式寻觅词语的永恒，在玄思找到自己——

> 难道不是妄想，不是词的虚假的愿望吗
> ——应该停止了——啊！幽晦的身体，
> 词到达不了的地方……，是词的墓地。
> ——《我们的现实》

诗人看不见虚无但看见了词，在玄思中实现"虚假的愿望"，这也是一种反讽的写法。当然孙文波对现实的认识不是悲观末世论，虚无感只是提示人们对现实生活给予最深入的关注，思考更多的可能，而对词的寻找是一种宿命——它往往就是"词的墓地"。诗人在玄思中对现实产生了更多的认识，发现写作的局限或无效，进而实现物我相忘物我互生，语言更加具有歧义性。

> 弯来绕去，我把蝴蝶说成女人，
> 把女人说成妖精，把妖精说成老虎，
> 把老虎说成官吏，把官吏说成阎王。
> 再进一步，我还能说什么呢？
> ——《蝴蝶效应》

这首诗与其说写蝴蝶效应不如说是语言的效应、时间的效应。他将蝴蝶由美学概念转变为人类生存问题，以玄思的姿态对"老虎"一次进行挖掘，使这首诗具有了现实主义的忧虑意识，虽然"死亡消息来得再多我都保持沉默"（《论自然》）。玄思让诗人时刻处于及物与不及物的共享状态上，这有助于诗人穿越任何迷雾，无论是历史的还是现实的迷雾，在《冬日书》中他再度实现一次玄思：

> 这里，死亡不是悬崖之树。不是雨后山中泉水。
> 不生长不流淌。我的意思是，死亡还在
> 德国当大师。还在一本我没有写出的书中。
> 它高高悬挂在时间中——悬挂，如虚无。
> ——《冬日书》

3

毫无疑问，我们生活在传统之中，传统就是诗的空气和血液，无处不在。对于诗人而言，传统是语言的源头，诗人在传统中感知历史和人类共同的情感，也在传统中寻找文明的源头和生命力。孙文波几十年的写作表明，他是一个非常重视传统的诗人。从其诗的风格上，我们一般都会将其归类于受到英美诗人的影响，谋篇布局总是十分考究完整性，每一首诗都有极高的完成度，绝没有"断章""残篇"之感，无论是短诗还是长诗。他不仅对英美现代主义诗人感兴趣，也对早期的浪漫主义诗人感兴趣，形成了句式平衡稳定又灵活多变、语言有入有出又声东击西，结构和谐统一又意象纷呈的写作风格。

> 卷耳、蒹葭、苤苢。植物在诗中
> 复活——情爱与仇恨，由它们，讲述。
> ——《致传统》

《致传统》里的这几个名词，直接来自《诗经》。孙文波对中国传统文化确实十分重视，他读书驳杂丰富，善于从细枝末节之处发现传统的价值。有评论者指出他受杜甫苏轼这样诗人的影响，人生轨迹与之有一定的对位。不止如此，他对早期的《诗经》《楚辞》都十分重视，他诗中的自然性，忧思特质似乎正是来自于它们，而其作品中的"新古意""杂糅杂议"等倾向似乎与韩愈更为贴近。诗人写作就对传统的挖掘，进而完成一种有建树的个性化写作，这好比训练一种穿墙术——穿越传统。

> 一大片颜色加深的云，不是一个奥德修斯，
> 或者一个如来佛？好像挟带雷霆的怒吼。
> ——《九宫图叙》

如果我们把奥德修斯——如来佛——九宫图这个序列展开，就会发现我们面对的不仅仅是人类几千的文明史，也是各种文明的相互照耀。孙文波的诗路径多元而敞开，拥有一个宏大的文化背景，而这恰恰是新诗或现代诗最需要完成的课题之一。他努力接驳古典，通络现代，进而开启自己的新气象。是的，传统不只是一种养分，还是鸿沟——对于诗人，很容易掉进这个鸿沟里。诗人和传统之间不只是继承发扬或摒弃扬弃的关系。也是对立互生的关系。面对强大的传统，诗人需要具有一定先锋精神，做到不因循守旧，不按部就班，时刻提醒自己摆脱传统的"阴影"——从而摆脱影响的焦虑。孙文波不受制于传统的左右，善于独辟蹊径，在否定与质疑中挖掘传统的价值，形成自己的美学趣味。

> 十几年前，当我决定改变生活离开北京，
> ——《向弗洛伊德致敬》

作为哲学家作家的弗洛伊德有一本《梦的解析》，他提出的潜意识理论、性与政治对文学的影响学说受到西方世界的广泛关注，也受到中国作家诗人的关注。孙文波这首《向弗洛伊德致敬》不处理与弗洛伊德之间的内在关联，其实，这恰恰是孙文波的独特方式——他善于以一种隐形的方式与传统对话，而不是直接完成一次结构。他在这首诗里回顾自己的前半生，尤其是对"离开北京"这件事做了一次

交代。"离开北京"让他丢了"一些书籍""一个女人""几个好兄弟",和一些"憧憬"。他尤其看中的就是那些"憧憬",因为它们是"一部歌舞,或一台话剧"。这些各种"丢掉"应是对传统的一种放弃,这是弗洛伊德所提倡的吗?

孙文波是一个求新的诗人,善于超越自己。这既体现为语言角度上追求"日日新",更体现在诗歌理念上,他倾心于当代性的构建,以自己的方式完成构建。毋庸置疑,他对当代诗人形成了持久的影响,令很多人找到了写作的秘境。孙文波知道作品永远是第一位的,只有自己的作品可以为自己辩护。他非常勤勉,几乎天天都在写作或阅读,在阅读中不断挖掘传统的光。

4

孙文波一直都是一个在场者,他关注现实,从不回避自己的态度,即使这个关注是"无效"的。是的,诗对生活的干预是一种语言的缝纫,诗人不可能是现实方案的设计者与执行者,但诗人必须真诚而勇敢地面对它,发出自己的声音,无论面对是多么糟糕的现实。虽然在今天,诗的有限性越来越明显,诗人依旧满怀深情地挖掘着,像是一种深情而无奈的眷顾。孙文波在写作中挖掘时代的风云,建构了一个诗的乌托邦,这不能不说这是他对我们时代生活的一个贡献。

> 户外的阳光,明晃晃的光线下,
> 人们在矮树丛晒花花绿绿的衣裳。你看一下
> 这样的景象吧!我总是从中感受生活,
> 它们从来不哲学不神秘,不把人引向想象的黑暗中。
> ——《相对论》

《相对论》是一首关于现实与虚无的相对之诗,也是一首关于"光明"与"黑暗"的绝对之诗。但诗人不仅没有放弃对现实的关注,而且分明体现了一种执着的爱,他从"矮树丛中晒花花绿绿的衣裳"这个日常场景中"感受生活"简单的幸福,发现日常的诗意,同时也发现被日常"简单的幸福"所忽略掉的"黑暗"。孙文波即使是咏史或"致敬",都会回答现实的关切,绝无任何回避与妥协,他是一个真正的在场者,在平凡的生活中思考与写作,挖掘着生活的本质,挖掘现实之"毒"。

> 词不够了。幽晦的身体下面,
> 你永远不知道还隐藏着什么。
> ——《我们的现实》

"词"是什么?词是诗人的语言,是诗人的武器,但"词不够了",所谓的现实的残酷性有限性显露出来。什么是现实?现实就是从一个词到另一个词的流亡过程,诗人在词的流亡中生存或者说写作,其写作就是安放这些词,也是安放自己。因为"我们的现实"就是"你永远不知道隐藏着什么"的现实,诗人只能在词中获取真相,获得暂时

的心灵慰藉。孙文波的诗非常驳杂，常常把生活中的即刻所见以及一些琐事和词连接起来，完成生活到美学的诗化过程。他把每天进行的、所经历与所忘却的都变成了他的词，书写它们，他是一个操持语言技艺的人。

> 还有灼热火焰的城市。走在其中的全是认识的死者。
> 它们构成你身体内的景。难道没有另外的景：
> 塑料、钢铁、玻璃的风景？它们锻炼着你。
> ——《投毒时代的挽歌》

诗与生活同步，诗与生活既是交融的也是游离的——诗人的在场总是精神与思想的在场。《投毒时代的挽歌》无疑是献给无辜者的。我们身处"死者"中间，被"另外的景"捆缚制约着，被各种工业垃圾包围着，"锻炼着"，这是一首献给"后时代"的挽歌。它也可以看成是一首哀歌，体现孙文波是一个关注生活的诗人，但他不回答为什么生活如此令人失望——虽然有时会触及这些问题，而是提出要"锻炼"自己。他是一个生活永恒的挖掘者，挖掘生活中有力量的词，也挖掘短暂的简单快乐和持久的忧虑，包括挖掘生活的失败——

> 在这里，我其实关心的是下午四点半钟。按照想象，
> 我应该到达奥特莱斯的星巴克，
> 咖啡的温润中放松身体。我把这看作晚年的奢侈。
> ——《奢侈诗》

诗人之间的差异性，往往在于对生活的认识不同——孙文波不仅看见生活的伤口和所谓的黑暗，还看见了其他，比如游戏性比如彩虹。他是精神的富有者——把一切都看成是一种恩赐，连黑暗也包含在内。他潜伏在生活之中，随时做出有意思的挖掘。就像现在，当他来到下午四点半这个时间点，想到了是否该去咖啡馆了，去那里完成一次和另一个自己的对话。诗人生活在寂寞中，孙文波的寂寞就是他的诗。当他想去喝咖啡的时候，却想到自己的"奢侈"，时代"黑暗"的奢侈。他对日常注入自己最宝贵的情感，现实的糟糕不是诗的糟糕——他是我们生活中一个深情的挖掘者。

5

如果说孙文波是一个山水诗人，可能有人会不认同，觉得他在相当程度上更像是一个"学院人"，这其实是一种误解。暂且不说这二者本无矛盾可言，孙文波的基本生活状态也是以游历为主，即便偏安一隅也是日日登山望海。这些年，他更是选择了一种动荡与漂泊的状态，这不仅仅是地理意义上的，也是精神与诗学意义上的。他曾把自己最为看中的诗集命名为《新山水诗》，也是一个力证。孙文波尊重自然、关注自然，在自然的怀抱里寻求精神的自由与自在。这时，写诗的过程就是和自然对话的过程——说出对这个世界的感受，说出这个世界的向何处去——他挖掘着残损的山水，挖掘着语言中的树木、

花草、山峦和时间……一切皆可入诗，一切都是他写作的对象，一切都在诗人这里拥有无限的可能性。也正因此，孙文波无论身处何时何地，都纵横捭阖在诗的山水世界里。

时间、生命、自然法则。我们看到什么？
没有谁能够让消失的不消失；
——《论自然》

孙文波不是田园隐士，不是遁世者，他关注的"自然法则"实际上就是我们的生存法则，而自然的消失与消亡也是非自然的消失与消亡。他通过诗去关注和呼吁，也弘扬了生生不息的人文情怀和自我放逐的诗性精神。当他身处各种现场时，都会相当自觉地把自己看成是自然与非自然的一部分，因此他的诗是开放的，包罗万象变幻多端。

人类的复杂在于记忆。我作为人类的一员，
麻雀的叫声唤起了什么？……
——《麻雀聒噪》

"麻雀的叫声唤起了什么"？难道仅仅是一种对自然的陶醉？我们知道，孙文波几乎从不去肤浅地风花雪月、吟风弄月，也不会无聊地抒发什么尚古的散淡情怀，而是追求心境与自然的同构，通过自然山水去承载当代生活沉重的"记忆"，他挖掘的不仅是自然的"客观之诗"，更多的是自然的"问题"。如今的自然往往是一种令人哀伤的自然，诗人的吟咏与抒怀，是对个人际遇的感怀，也是主动进入现实的一种方法——完成一次担当的写作。

我仍然不听医嘱照常胡吃海喝。只是觉得
应该把眼睛睁得更大，再看一看世界；
虽然过去也一直在看。我先是独自驱车到达重庆，
在朋友家盘桓了几日，见不少人，经历几台大酒。
——《春天信札》

窃以为，当代的自然史观不仅是关于人类遗存的残山剩水，而应该是全息的，包括了人的活动本身。这首《春天信札》反映了孙文波面对自然不只是要"到达重庆"到达一个山水之城，还要"经历几台大酒"——人间的烟火，然后睁大眼睛"再看一看世界"——这其实就是他对自然的挖掘状态。应该说，山水是孙文波观察事物的一个向度，不仅从中获得灵感，还从其变化中发现时代问题。他常常写出对于环境破坏的批评之诗。自然条件的破坏关乎人类自身命运，他为此写出许多诗，通过诗"修复"自然，尽管只是语言的"修复"——

信、天、翁……很多时候我的脑海会毫无预兆
出现它的形象，它的名字也以嘹亮的音节
在我耳畔鸣响。……

——《等于是艳诗》

信天翁的出现让诗人眼睛一亮，这种曾经司空见惯的鸟的出现，如今却艳遇般珍奇！是什么让诗人如此惊奇？是什么让我们失去了美好的邻居？在这里，诗人写出的已不仅仅是一次"艳遇"，而是关于鸟的生存与死亡，也是关于我们自身的生存与死亡。是的，我们不仅希望自然在诗中复活，也期待在这个现实世界里获得复活——拥有更多的"艳遇"。孙文波的心里有江海的壮阔，有时代的风云际会，有宇宙，他的诗因而拥有足够的广博，是一个大天地。

> 在这里，我照例读书写诗，带狗进山徒步。
> 只是增加了一天三次，吃清理血管的药物。
> 当然，有时候也与黄灿然下山逛一逛超市。
> ——《春天信札》

《春天信札》告诉我们，这个始终关注自然关注民生的诗人，写诗的间隙在深圳的那个神秘的洞背山上疾走，远眺南澳半岛，胸中激荡着时代的波涛，即便"与黄灿然下山逛一逛超市"也是如此。保有山水情怀，使孙文波的诗歌有一种敦厚飘逸兼具质朴灵秀的美。

孙文波诗的题材涉及很广，虽然经常触及虚无、死亡和时间等绝对性话题，但更多的仍是生活之诗、时代之诗、良知之诗。我们知道，语言有时也是一个黑洞，如果不能以思想的光明照亮，写作往往就意味着一种死亡边缘的徘徊。孙文波是一个特别清醒的诗人，他以挖掘者的身份日夜挖掘着光明与河流，挖掘着星空与星座，挖掘着大海的潮起潮落，像走在时间尽头的一个使徒，"看见河水清亮非常享受，看见不知名的雀鸟／从树丛中飞起，也能从心底涌出喜悦"（《相对论》），他是一个不倦而有趣的挖掘者。

Liang Xiaoming

梁晓明

梁晓明，1963年生人。1994年获《人民文学》建国四十五周年诗歌奖。2009年出席德国上海领事馆举办的"梁晓明和汉斯·布赫——一次中德诗歌对话"。2011年出席韩国首尔第二届亚洲诗歌节。2014年出席上海民生美术馆举办的梁晓明诗歌朗读会。2016年参加东京首届中日诗歌研讨会。2018年获中国新诗"百年百位新诗人物"称号。2019年获名人堂2018年度十大诗人。出版诗集《各人》《开篇》《披发赤足而行》《用小号把冬天全身吹亮》《印迹——梁晓明组诗与长诗》《忆长安——诗译唐诗集》。

梁晓明诗选

林中读书的少女

纯。而且美
　而且知道有人看她
　而更加骄傲地挺起小小的胸脯
　让我在路边觉得好笑，可爱，这少女的情态
　比少女本身更加迷人

少女可以读进书本里去，也可以读在
书的旁边，读在树林、飘带似的小河、一辆轿车
也可以读在我这半老男人注意的眼光中

唉，少女，多可怜的年龄和身体
娇细的腰，未决堤的小丘和
狐疑未婚的心

少女纯白的皮肤让人心疼，而且她还读书
而且还在林中，
而且还骄傲地觉得有人在看

哪怕我走了，她还骄傲地觉得
有下一个人……

无论我愿不愿意

无论我愿不愿意，天还是黑了下来，
它从门外黑进窗台，又从屋顶黑到了桌面，
它很快黑到了我的手指
我如果不开灯
我心里就会装满黑暗

我的心里已经黑暗，它挥着吞噬的小手
挤在眼睛边，它要走遍我的全身
它要在血液里扎根和发言

我要起身开灯,但我却纹丝不动
我看到黑暗降临大地
我不能幸免

遥远的星星自己发光
像一粒粒
自在的萤火虫
它越过时间,独自前行
直到与黑暗相敬如宾

天空的眼睛

用天空的眼睛看我们正在规划城市
计划对农民怎样施肥
怎样使葵花站在广场上旺盛开花
让河流从山腰直奔家庭
把农村缩小
缩小到一封信里
用关心的双面胶细密地封死
然后,在无人可收
地址空白的封皮上
我们用烫金的光芒写下:
我们的饥饿是最高宗教
从饥饿出发,我们公正
而且锐利

谁的墨水直逼太阳?
谁的帆樯向风暴出发?

今天我小心抚摩的日子
我码头握住的手
浮萍悄然独立的梦想
在大地的胸脯上正被冲洗
被发展的推土机一点点清理

云彩被季节规划,雨水被安排着落下
新生树叶刚睁开眼睛
空气就开始收费和教育

中立

厅堂中立。秋风中中立。竹林瑟瑟在山中中立。
一生苍白漫长,在海啸与种菜中
如何中立?

在笑与不笑中频频中立,看见你
我的兄弟,握手握得不重不轻
生与死之间不偏不倚

做,或者不做,或者干脆坐下
手上的工作催你前行

谁能中立写完一生的诗章?
我不行,悒悒向西
更多人走得更加混沌……

风铃

我喜欢风铃
我喜欢风铃叮叮当当一片空荡的声音
我喜欢风铃左靠右晃屋檐下一种不稳定的身影
我喜欢风铃被斜阳照亮闲暇说话或干脆一言不发
我也喜欢暗中的风铃、门廊下紧张的风铃
宝塔上高挑寂寞
和孩子手中被拎着的风铃

路上的狗、沙漠上难看的骆驼颈项下倔强的风铃,
风沙越大,它说话越响

声音是它的命。

我喜欢风铃
我喜欢敲打宁静的风铃
坐在孤寂的家里，停下来和岁月相依相伴的风铃

应该听一点声音，应该有一挂风铃
应该有一些眼睛从风铃出发
或者与风铃结伴而行

剥

我一生剥过无数鸡蛋，在深夜剥
为了能坚持站立到明天早上
在早上剥，为了走进单位可以看清暗藏的手指、更斜视的眼睛
最滑的泥鳅如何畅快地生活在泥里
在办事时剥，在走路时剥
边剥边感受蛋壳的疼痛、人们在车厢中拥挤的疼痛
七十年代小镇边缘那条尘土飞扬的机耕公路、飞扬的路上
细瘦的少年，漫天的灰尘中我想象着未来时内心的酸楚

在酸楚时剥，我小时候就剥，悄悄模仿着大人的动作
在大人的眼中我看见鸡蛋成为液体，或者在沸油中
扭曲着身体再变成固体
老师在课堂说，固体和液体是两种生存的不同姿态
我想象着这种不同的姿态，边想边剥
边剥边想到为什么有时候人喜欢剥人？
宗教剥智慧，智慧剥愚昧，愚昧剥掉山里的青蛙，
刀枪剥掉玉米的憧憬
在黑夜剥，在报纸上剥，在圆圆的公章上啪啪地剥
我们甚至剥掉了翠绿的树皮

就这样今天剥掉了昨天的树皮
没什么好剥我们就开始撕剥自己

我撕剥自己像撕剥另一种圆滑的鸡蛋，不是为你
当然也不是黄河那样雄壮的信仰，它在黄土高原上雄壮千里
但江南却笼罩在迷茫的雾里，像另一种浑身斑驳的原始的鸡蛋
它的壳藏在生活的怀里

我手艺精湛，我一生剥过无数鸡蛋
顺手和习惯下，我逢物便剥，像火车推进
除非铁轨彻底翻开
在推进中剥，在隆隆的歌声中我大力地剥
哪怕我被颠簸出车厢，在乱石撞头的血液中
我依然坚持在血液中剥，强忍着疼痛朝骨头里剥……

在梦想中剥，直到夜晚在眼睛中撤退
在撤退中剥，直到剥出了深埋的良心、悲伤和怜悯
在怜悯中剥，在酸楚中剥
直到剥出了这首小诗，直到剥出了固体液体另外的一种生存的姿态
我可以去了，正像我可以完全重生
直到我嘴边被剥出了一线隐秘的笑纹

大雪

像心里的朋友一个个拉出来从空中落下
洁白、轻盈、柔软
各有风姿
令人心疼的
飘飘斜斜地四处散落
有的丢在少年，有的忘在乡间
有的从指头上如烟缕散去

我跟船而去，在江上看雪
我以后的日子在江面上散开
正如雪，入水行走
悄无声息……

奠

有一种悲哀我已经离开
我的泪水忘记了纪念
我坐在宁静的空白当中
我好像是一枝秋后的芦苇
头顶开满了轻柔的白花

我和空白相亲相爱
等待冬天到来
那遥遥远远又逐渐接近的
是一盏亲切的什么形式的灯呢?
摇晃我小镇上简朴的后院
恍惚睁开他
已经走远的两只眼睛

各人

你和我各人各拿各人的杯子
我们各人各喝各的茶
我们微笑相互
点头很高雅
我们很卫生
各人说各人的事情
各人数各人的手指
各人发表意见
各人带走意见
最后
我们各人各走各的路

在门口我们握手
各人看着各人的眼睛
下楼梯的时候
如果你先走

我向你挥手
说再来
如果我先走
你也挥手
说慢走

然后我们各人
各披各人的雨衣
如果下雨
我们各自逃走

歌 唱
——献给折磨我、温柔我、疯狂我、遐想我的YKM

我为什么不歌颂我杭州的爱情?
我直达盲肠的她菠萝的笑容
她纤小的手指、白糖的嘴唇
她床单一样清新的哭泣,在我跋山涉水的
肩膀之上
那一大片流自她嘴边的湿润
我几乎是一件古埃及的木雕、黑色锅底的脸
被无数大街的冷风逼视
在深渊石头的挤压中
一枝荷花几乎是一大把梦想的头发
在光芒四射的星空之上照亮了灰墙

我弯曲的孩儿巷、我凄美的青春门
深沉的护城河像她蜿蜒而曲折的翠绿呼吸
飘带忽然回收的下巴
此刻在我的钢笔下盘旋,在白纸上播种
舞蹈着她那鼓点似的白色脚尖
她朴素的自行车几乎是我枕头上唯一可以遐想的大菊花

可以抿唇的大菊花、可以抿唇的小小蜜蜂

在我的天空下她的大眼睛久久盘旋
在我透明的两耳轮上
她是一件飞翔的长裙子
在杭州，断桥几乎是一句歌唱

半夜去西湖边看天上第一场大雪

我决定与城市暂时分开
孤独这块围巾
我围在脖子上
走到断桥想到
爱情从宋朝以来
已经像一杯茶
越喝越淡

在太平洋对岸美国人
白脸庞黑脸庞交相辉映
希望是今夜下在头顶的大雪
让杭州在背后闭上眼睛
我站在斜坡
与路灯相见

亭子里楹联与黑夜交谈
远处的狗叫把时间当陌生人
介绍给我
坐到栏杆上
我的灵魂
忽然一片旧苏联的冬天

玻璃

我把我的手掌放在玻璃的边刃上
我按下手掌

我把我的手掌顺着这条破边刃
深深往前推
刺骨锥心的疼痛，我咬紧牙关

血，鲜红鲜红的血流下来

顺着破玻璃的边刃
我一直往前推我的手掌
我看着我的手掌在玻璃边刃上
缓缓不停地向前进

狠着心，我把我的手掌一推到底
手掌的肉分开了
白色的肉和白色的骨头

纯洁开始展开

霍俊明

> 我坐着看见这一切发生，我无言
> 我转身带着自己孤独的远去……
> ——梁晓明《死亡八首》

「我和革命越走越远」——读梁晓明

梁晓明身材魁伟，有一头乌黑的卷发和闪亮的眼睛，"二十岁，我认为我长得越来越美"（《死亡八首》）。这是年轻时刻一个诗人的肖像，而步入中年这一肖像是强化还是弱化了？这一形象除了面向日常生活之外，还更多地指向了修辞化和文字物化的精神自我。现实生活中诗人的角色往往是窘迫、尴尬的，就如那只大鸟掉落在甲板上挪动摇晃着身体而被人嘲笑，它的翅膀拖着地面反而妨害了飞行。当年苏珊·桑塔格描述的本雅明不同时期的肖像，正揭示出一个人不断加深的忧郁，那也是对精神生活一直捍卫的结果："青春或英俊已无处可寻；他的脸变宽了，上身似乎不只是长，而且壮实、魁梧。小胡子更浓密，胖手握成拳头，大拇指塞在里面，手捂住了嘴巴。神情迷离，若有所思；他可能在思考，或者在聆听。"[①]就写作而言，与精神肖像紧密联系的身份和角色感是不可能不存在的，甚至在命运的层面会自觉或被动地予以强化，"我本属兔，我趴在墙头悄悄窥视洗澡的白云，/我不敢喘息，一辈子我将这样死去，一只/臭虫，八只脚，一件棒针衫黄色勒紧我的锁骨"（《忏悔诗，杭州的一次酸、甜、苦、辣》）。

一

与梁晓明见过几次面，而记忆最深的是 2012 年 12 月，冬日的上海冷雨萦怀。梁晓明在塞给我的民刊《北回归线》的扉页上写了一句话——"我和革命越走越远"。2016 年春天，西湖不远处的一个酒馆，晓明酒后坐在马路上打电话。那若有若无的声音和晦暗的雨声交织在一起。他是否想到了当年"三个女孩子/坐在西湖左面的藤椅子上/一张嘴巴紧跟着另一张嘴巴"（《关于苏东坡》），"也或有少女穿薄裙而来"（《饮茶》）[②]。

这个出生于上海，17 岁随家人来到杭州的青年，在激情和理想充斥的 80 年代试图用小号把冬天全身吹亮……多年后，他把自己的出生与另一个伟大诗人的死亡联系在一起——"你死的那年我正好诞生/威廉·卡洛斯·威廉斯/上海一座红色的教堂"（《威廉·卡洛斯·威廉斯》）。而在另一首诗的开头则直接引用了这位诗人的诗句"我寂寞，寂寞/我生来寂寞/这最好不过"。这是精神影响上的呼应，是诗人和诗人之间的相互寻找。哈罗德·布鲁姆则在《影响的焦虑》《影响的剖析》中自始至终谈论文学的影响问题，甚至这几乎是无处不在的一个不言自明的事实。任何一个诗人包括伟大诗人都不可能是拔地而起、凭空产生的。尤其是在中国 80 年代的先锋诗歌文化语境中，梁晓明那代人有着典型意义上的影响的焦虑，这是值得深入甄别与剖析的。百年的新诗发展，无论是无头苍蝇般毫无方向感地取法西方，还是近年来向杜甫等中国古典诗人的迟到的致敬，都无不体现了这种焦虑——焦虑对应的就是不自信、命名的失语状态以及自我位置的犹疑不定。这是现代诗人必须完成的"成人礼"和精神仪式，也必然是现代性的丧乱。值得注意的是，关系、互文和场域意义上的"影响的焦虑"（"诗人内心的诗人"）并非意味着前代写作者（"文学前辈"）对后来者（"新人""文学青年""后起之秀""新锐"）具有先天的优势以及时间序列形成的权威，但是后来者们总是怀有某种难以挣脱的"父辈"般的规训和魔咒。尤其是对于那些奇异个性和写作才能足够强大的优异写作者来说，他们反过来会因为能动性和自主性而改变单向度的影响过程，而对其他的诗人甚至前代诗人构成一种"时序倒错"的影响和反射，"一位强大的诗人好像帮自己的诗坛前辈写了诗"；"对强大的诗人来说，文学争斗的重要性一定是文学本身。他们会有一种危机感，受到想象力可能会衰竭的威胁，害怕完全被前人所控制。一个有能力的诗人想要做到的不是去击溃前人，而是声明自己作为一个作家的能力"；"强大或者对自己要求严苛的诗人都想要剥夺其前人的名字并争取自己的名字"。[3]从写作能力、风格学和个人创设性而言，梁晓明显然是一个强力诗人、生产性诗人和总体诗人。里尔克说作家天生就应该有对所处的时代、母语和自己的三种敌意，这三种古老的"敌意"最终成就的正是总体性诗人。按照奥登在《19世纪英国次要诗人选集》中诗人的标准，梁晓明已经具备了"大诗人"的某些品质。90年代以来，随着时代转掖、诗人的精神突变以及诗歌的内在转型，个体在诗歌中得到前所未有的凸显与强化，这在当时自然有其重要的社会学和诗学的双重意义。而近年来，诗人却越来越滥用了个人经验，自得、自恋、自嗨。个人成为圭臬，整体性不复存在，取而代之的是一个个新鲜的碎片。个人比拼的时代正在降临，千高原和块茎成为一个个诗人的个体目标，整体性、精神代际和思想谱系被取代。无论诗人为此做出的是"加法"还是"减法"，是同向而行还是另辟蹊径，这恰恰是在突出了个体风格的同时而缺失了对新诗自身的构建。汉语诗歌迫切期待着总体性诗人的出现。

八九十年代的先锋时期，梁晓明的《各人》和《玻璃》几乎是名满天下，这样说并不为过。时至今日，每次面对《玻璃》我仍然颇为踌躇，这是需要你狠下心来阅读的挑战身体极限的诗——当代另一首与此阅读感受相似的是雷平阳的《杀狗的过程》。每次随着词语的推进整个人都渗出一身冷汗，这确实是一首阅读时有着强烈身体反应和心理应激的诗。

> 我把我的手掌放在玻璃的边刃上
> 我按下手掌
> 我把我的手掌顺着这条破边刃
> 深深往前推
> 刺骨锥心的疼痛，我咬紧牙关
>
> 血，鲜红鲜红的血流下来
> 顺着破玻璃的边刃
> 我一直往前推我的手掌

我看着我的手掌在玻璃边刃上
缓缓不停地向前进

狠着心，我把我的手掌一推到底
手掌的肉分开了
白色的肉和白色的骨头

纯洁开始展开

　　从词语和修辞的功能来说，这首诗几乎是达到了当代汉语的极致，创设了一种语言的"真实"、精神的酷烈以及惊悸的"想象"。这正是诗人所应该效忠的美学责任和精神担当，尤其是在八九十年代"纯洁"和高蹈的个体精神乌托邦是需要付出惨重代价的。

　　而任何一个时代的写作者都会面对整体性的精神大势和诗学责任（并不是道德意义上），比如"在文字中造反""在诗歌里献祭"。这就是"向诗说话"或者"向命要诗"的过程，这就恢复到了"元诗"或"诗偈"的功能——"要经得起细读、经得起抠字抠句榔头的捶打 / 它不是语言，不是课堂教习的汉字 / 是命，是被逼到墙上的野狗 / 是六楼窗台忍不住跳下 / 刹那迷茫，半夜醒来后 / 背脊上汗湿的那一大片冰凉"（《向诗说话》）。这是对一种更高标准诗歌的致敬，也是对汉语自身的校正。从元诗层面，也就是那些从诗到诗的文本，体现了一个诗人的写作自觉，经验和语言的再造以及精神自审。由诗到诗，由词到词，最终解决的是词语的挖掘和日常挖掘之间的交互过程。这同样是创造性和个人前提意义上的词语劳作和精神激荡，把一个个无效的死去的词语重新激活。从这个层面来讲，诗歌是"动词"。与此同时，诗人还要把一个个事物、细节从词语中解救出来，从而使之重新获得活力和生命膂力，从而把词语的过去、个人的过去和历史的过去从遮蔽状态重新挖掘和再次激活。

　　不管 80 年代的先锋诗坛如何火热，最终留下来的只能是过硬的文本。一个诗人终其一生可能都是为了写出一首终极意义上的诗，而此前的诸多文本都是在为这一终极文本努力和铺垫。显然梁晓明的《各人》《玻璃》即在终极文本的行列。运动消散，人世烟云，最终只有文本能够继续开口说话。

　　而从一个诗人的日常空间和写作精神空间而言，"南方"不仅是梁晓明的关键词，而且已经成为整体性的精神场域，"我曾经那么优雅的分花拂柳，像独生子女般 / 穿行在江南，我看着月亮，/ 我相信在它的手下我才慢慢长大 / 我轻轻微笑 / 那么自信，我那么相信我的微笑里竟然一定有鱼米之香"（《撒旦说：他娘的》）。当然，梁晓明在不同时期对"南方"以及相应的地方性写作认识有所变化，也更为自觉和自省。写作是完成一场场的"精神事件"，由此写作就是对自我和旁人的"唤醒"。这甚至构成隐喻意义上"元诗"的基点，"恍惚之间，我不是书写者 / 是事件之一 / 那眼睛 / 还在翻飞，还在反动，还在窗格下 / 在盯紧的距离内，一个人的使命 / 在动与不动的决定之中"（《出走》）。无论南方的夜晚、南方的桂花，还是柔绮的湖水和强硬的骨头,它们都成了梁晓明诗歌语言的"南方地理"和"最高宗教"。如果存在着写作的"南方",那么在更深的层次上对应的正是一个诗人的精神态度和语言态度,实际上"南方"以及"南方性"自身就是多层次的复杂结构。而在阅读惯性上我们总是盯着并放大那些一般理解意义上的符号化的征候,比如梁晓明这样的语言方式,"白霜湔雪,也溅靴。除非不动,你就在湿冷中 / 如墙内的青砖。// 湿冷也湿透我的内心,一个人要走 / 大概是冬天见不到明月"(《冬天》)。湿冷,精致,涵咏。面对着一个生活和文化的地方空间,个人写作有时候容易被吸附进去。梁晓明的策略是"去风物化",将风物和物象转换为心象和精神景观——这种方式比较可靠。反之,写作的"风物化"会导致封闭和符号化,比如我们一想到"江南"就是小巷、石桥、落花流水烟雨蒙蒙,庭院里有花,有写在淡淡信笺上的愁苦。正是得力于这种能力,诗人才能够将那些不同的空间甚至异域化的空间转化为自我空间和精神视域,比如《去爱丁堡路上看到广阔无边的麦田,我停下车观看》《下午,在杭州忽然想起俄罗斯》《半夜西湖边去看天上第一场大雪》。这些诗都将不同物理空间最终压缩为自我空间和象征空间,"我来听风,我都忘了这是遥远的英国,我以为 / 我是在浙江的农村,七十年代 / 我家对面那片荒凉的草滩"(《去爱丁堡路上看到广阔无边的麦田,我停下车观看》);"亭子里楹联与黑夜交谈 / 远处的狗叫把时间当陌生人 / 介绍给我 / 坐到栏杆上 / 我的灵魂 / 忽然一片旧苏联的冬天"(《半夜西湖边去看天上第一场大雪》)。

二

梁晓明的诗歌风格是多样的,甚至会有精神趋向和语言路径完全相悖的文本出现,比如口语和意象、冷峻和热情、浪漫与酷烈、宣谕与谈心、才子与智者、简朴和繁复、舒缓与迅疾、现实与超验(比如1988年梁晓明献给西班牙超现实主义画家约安·米罗的长诗《歌唱米罗》)、世俗与个人乌托邦、修辞与反修辞、个人化与非个人化、纯然的抒情诗与综合的容留的诗——一个优秀的甚至重要诗人的精神癖性除了带有鲜明的个体标签之外,更重要的是具有诗学容留性。

如果文本反差与诗人的精神性格存在着某种微妙的不可言说的对应的话,那么我想到的是梁晓明父亲的性格。这种性格多少会在梁晓明的日常生活里有程度不同的遗留,又有一部分则对应于更为隐秘不察的精神生活和文本征候,"献给我的父亲,他这一生的错误、固执、豪爽、天真、愚蠢、大笑、浪漫、迂腐与受尽挫折却始终怀抱一份莫名其妙的理想主义的感情让我感慨、气愤又充满敬意"(《敬献》)。实际上,梁晓明已经通过这样的诗歌打开了属于当代汉语诗歌史以及个人精神传记的第一页,并且这个开端非常出色。在玻璃的折光和破碎的边刃,在先锋诗歌纷纷涌动的黑色诗人群落中,一个诗人的精神肖像正在形成,是诗歌抵达了一个时代涡旋或持续性阵痛的核心。

1981年,黄山脚下歙县的某个图书馆。一个18岁的青年极其偶然地阅读到了惠特曼的《草叶集》。现代诗的启蒙在这个夜晚奇迹般地发生了!梁晓明因为过于激动不时手舞足蹈而被同屋赶出门去,他却乐此不疲地在昏暗的路灯下接着阅读。由此一发不可收，梁晓明开始了诗歌漫游和精神历险。诗人有责任建立属于自我、属于时代、属于汉语的诗歌传统。这就是"诗性正义"。"诗与真"或"诗性正义"在任何时代都在考验着写作者们，尤其是对于莫衷一是、歧见纷生的当代汉语诗歌而言，这个话题的讨论更有必要性和紧迫性。这也是进入繁乱的诗歌现场和诗人整体性精神情势的必经入口。毋庸置疑，诗人通过个人化的历史想象力、求真意志和精神词源在写作中重建"当代经验"和"真实感"进而承担文字的"诗性正义"不仅是可能的而且是必要的。这并非是一种个人史意义上写作的野心，而是汉语对诗人的吁求。正如多年后再次回顾80年代诗歌时，梁晓明所坦陈的，"这一代诗人都有了自己独立的理论和作品，都有了自己认定的道路。大家都深信自己的认识与探索以及由此而来的写作，谁都不愿意与别人相同，但同时，也都认识到尚有很多需要完善的地方"。④

一直转向西方"异域气象"（梁晓明语）的头颅也该转过来再次打量自我、诗人形象以及汉语的砾石和汉语精神的草蛇灰线了，"黄昏的杜甫草堂／有蟋蟀的草地上／二十三岁的我脚边／杜甫传翻开到第二十七页"（《杜甫传第二十七页》）。80年代的一部分先锋诗人有着表达的急迫症状，急于对一切宏大的事物、日常的事物、远方的事物和时代的事物发声和表态，并且喉管有时候已经变成了另外一个人——借助先锋的、行为的、西方的甚至表演性的夸张引文模拟一种不文不白、不伦不类的现实或超现实的声音。确实，任何一个时代都有特殊的诗歌"发声学"机制，诗人和现实是一种空前复杂的咬合结构。一个时代的诗人在面对整体的时代景观的时候是专注于特写还是更倾心于近景、中景或远景，无论是写作者们虚构、幻想、记忆，还是体验、再现、描述、象征或者阐释，无论是持有自然主义、理想主义、超验主义、文化保守主义，还是怀有现实主义、怀疑主义和激进主义，最终都会在修辞学和主题学上编制成一个时代特有的文学语言符号系统。梁晓明曾经带着"阅读""纯美"和"骄傲"开始自己的诗歌之途。诗歌自身隐秘的构造、自然万有、精神主体的持续而幽微的震动必须在诗人这里得以观照。我想到雨果的诗句："我们从来只见事物的一面，／另一面是沉浸在可怕的神秘的黑夜里。／人类受到的是果而不知道什么是因，／所见的一切是短促、徒劳与疾逝"。而当梁晓明不得不在"纯诗"中因为历史和写作双重情势的剧变而进行个人化历史想象力和求真意志的加入的时候，那种持续的精神砥砺和词语的摩擦就不得不产生。无论是个人的历史化还是整体性意义上的历史境遇，所产生的诗往往是沉重而压抑的，词语和历史之间达成有效关系的话需要诗人必须具备美学话语和历史话语的"求真意志"。诗歌不是一种知识，也不一定是真理，但是如果诗歌之"真"成立的话就必须让词语和历史都是真实的——词语的真实、想象的真实以及历史的真实的有机体。

90年代以来，这一总体性特征在梁晓明这里表现得充分而完备。

一个诗人的眼光既可以是冷峻的也可以是深情的，甚至是讥诮和恶作剧的。他可以盯在林中读书的少女纯白的皮肤上，也可以披发赤身在冬夜里行走，可以在词语中进行个人辞典的建构，也可以搭建形而上的精神旋梯,也可以在时代那里完成并不轻松的"诗性正义","我身上落下了该落的叶子。/我手下长出了该长的语言 我歌唱/或者沉思 我漫游,/或者在梦境中将现实记述"(《漫游》)。

多元化的诗歌面目也必然有大抵相通的精神底色。梁晓明的诗歌中经常会闪现出一些"少女""姑娘"的身影,但显然"她们"是词语和精神化的事实,是精确性和不确定性同时激发出来的显影。我比较关注梁晓明诗歌中那些闪亮或幽暗的场景,尤其是那些经过诗人的烛照瞬间被拨亮和照彻的日常细节。有时候,这一细节和个人性能够在瞬间打通整体性的时代景观以及精神大势,"我的祖国是任何一个摆着一张书桌的地方,那里有着窗户,窗户边还有一棵树"(茨维塔耶娃)。诗人要有良好的耳感和明察秋毫的视觉,尤其要格外留意那些一闪而逝再也不出现的事物,以便维持细节与个人的及物性关联。这是更为内在化和自我化的"真实""现实",这样的话,人和一棵植物的命运在诗歌那里并没有本质的区别,而是具有同等的"诗性"。这回复到了真正意义上的"诗性正义"。

一个诗人总会怀有写作"纯诗"的冲动,但也不能拒绝"介入"现实。但是在诗学的层面二者的危险性几乎是均等的。对于近年来越来越流行的现实之诗、物化之诗、时感之诗、新闻之诗以及公共题材写作,我们看到的结果是大量的同质化的廉价文本。诗人有必要通过甄别、判断、调节、校正、指明和见证来完成涵括了生命经验、时间经验以及社会经验的"诗性正义"。而具体到不同时期的诗歌写作,"诗性正义"因为"当代经验"的变动以及自我能动性而在不断调整与更新。一个具有综合能力的诗人会提供优良的样本以供诗人注意。梁晓明写于2006年的《天空的眼睛》就是一首介入时代噬心主题的诗作,但是他展开和深入的方式以及前提都是诗性的,没有用伦理道德和时代正义绑架了诗歌本体的自足和独立,而是做到了一种综合和均衡,"用天空的眼睛看我们正在规划城市/计划对农民怎样施肥/怎样使葵花站在广场上旺盛开花/让河流从山腰直奔家庭/把农村缩小/缩小到一封信里/用关心的双面胶细密地封死/然后,在无人可收/地址空白的封皮上/我们用烫金的光芒写下:/我们的饥饿是最高宗教/从饥饿出发,我们公正/而且锐利"。截取、变形、过滤和转换,这是诗人的要义。这提醒同时代的诗人同行们,生存景象乃至时代景观以及具体的空间、物象都只是诗歌表达的一个媒介,最重要的在于选取的角度和选定的事物是否能成为时代和个人的"深度意象",从而投射出整个时代的神经和人们的精神面影。梁晓明以《天空的眼睛》为代表的处理当代经验的诗歌正是刺入当代生存经验的诗。诗歌在分歧中仍能取得共识,尤其在社会转型的节点上有效地介入公共空间和公共理性与维护诗的自足性、独立性并不是冲突的。诗歌能在"少数人的写作"与"多数人的阅读"之间取得有效平衡。从诗歌的功能来说诗人予以见证具有必要性,比如米沃什所说的那种诗人的见证,但是那些暂时逸出、疏离了"现实"之外的诗歌并非不具有重要性。最关键是诗歌表达的有效性。诗人在"现实""时代""历史""祖国"等"大词"面前的"转身""沉默"也是一种"介入"的态度。诗人处理这些"大词"最终都应该落实到具体的事物那里才可靠。

三

"中年写作"或秋天黄昏般的写作总会到来的。

一个诗人在往昔的激动和燥热中静坐下来，看着喷薄又将迅速熄灭的落日，他不得不接受一个宿命。另一个全然不同的时刻，不安与宁静相伴，生存与死亡并置。这直接导致的写作结果就是知性、精神性、冥想性和自审质素的强化。随着智性经验的增强，近年来梁晓明带给我们的景观是一个个球体而非平面，是颗粒而非流云，是一个个小型的球状闪电和精神风暴。这样就尽最大可能地呈现出了事物的诸多侧面和立体、完整的心理结构。诗既可以是一个特殊装置（容器），又可以是一片虚无，就像当年的史蒂文森的《观察乌鸦的十三种方式》那样穷尽事物的可能以及语言的极限。这多少也印证了里尔克关于球型诗歌经验的观点。

实际上，梁晓明的很多诗歌习惯于日常景象中深入精神性的隐喻，比如"我如果不开灯/我心里就会装满黑暗"。这是一个习惯在黑夜里冥想"自在的萤火虫"和面对精神性自我的写作者，"我越狭小越空旷，越孤独越是腾出了容纳世界的宽大旷野"（《我和我诗歌的关系》）。这既是梁晓明和生活的关系，更是诗歌与幽微的灵魂世界的交互往返。随着中年经验在写作中不自觉地加强，一个我与另一个我之间由猝不及防的相遇到慢慢开始磋商、对视、龃龉以及诘问，"终于我忽然地走进了中年""我放下窗帘不想再看/四十的桌子上/二十岁的目光一片模糊/锐利的刀锋嵌满缺口"（《我看见南方香透了骨头》）。在诗人或凝视或跳动的眼光所形成的取景框中，中年的近景和青春的远景彼此交叠，"梦中出现了我过去的生活。恍如隔世了"（《还乡：半夜写成的一首诗》）。这时出现的是对"另一个我"的焦虑或者反动，无论是疲竭还是主动应战。据此，诗人要通过与此前不同的写作策略来完成精神成长史和自我肖像。在很大程度上"儿童性格"与"精神成人"构成了诗人精神的两面。在曾经的认同中渐渐增多的是反讽和龃龉，而一个诗人如何能够做到面对精神自我以及面对周遭事物的时候能够不偏不倚和"中立"就变得愈益重要，"厅堂中立。秋风中中立。竹林瑟瑟在山中中立。/一生苍白漫长，在海啸与种菜中/如何中立？""谁能中立写完一生的诗章？/我不行，悒悒向西/更多人走得更加混沌……"（《中立》）面对日常的我、现实的我和往昔的我，诗人只是挽歌式的回忆不免会使得诗歌沾满愁绪，从而重新蹈入浪漫主义泪水涟涟、伤痕累累的老旧套子中。解决这个危险的一个途径梁晓明已经找到了。这就是预叙未来的能力，这正是深层的自我审视与辩难，"以后/我将会变成一个老头，独自/提着一瓶好酒，/来到江边/无人知，也无需人知"（《以后》）。人生都有短长，风物长宜放眼量啊！是的，诗人应该具有重新认识自我的能力以及从"日历上撕下的骨灰"的勇气。

梁晓明"中年写作"的代表性文本是长诗《死亡八首》。

我有太多的群山，太多的湖泊还没有亲近

> 太多优秀的人类还没有结识，交流和握手
> 我有太多的想法像早春的阳光满天铺洒，可是你
> 那么突然，又那么自然，那么快，
> 又那么按部就班地
> 来了，
> 一句话不说，就夜晚的台灯一样
> 悄悄默默地站在一米开外
> 我的脸前，一个人
> 将要远去，是我
> 或者是我最近的亲人
> 没有更多书籍可以描绘你的气息
> 但我闻到，浑身沉进了你的手里……

显然，这对应于暮年杜甫的《秋兴八首》。时间的砧板敲打，秋风如刀，"一卧沧江惊岁晚"。杜甫不只是古诗和现代诗的传统，更是汉语的传统，黄灿然和沈浩波以及很多诗人都曾经在诗歌的瑟瑟"秋天"中与老杜甫重新相遇。孙文波更是不断高呼——"杜甫就是新诗的传统"。暮年的杜甫在夔州的瑟瑟秋风中遥望长安自叹命运多舛，他道出的是"丛菊两开他日泪，孤舟一系故园心。寒衣处处催刀尺，白帝城高急暮砧"。具体到梁晓明的"中年写作"和"秋天经验"，惊悸、惊愕、惊惧、惊异正是这一写作的典型心理症候，当然并不是全部。正如梁晓明在另一首长诗《种菜》中所叙述的"人到中年，这真是一次奇异的来往……"而中年的黄昏往往会有对死亡的想象或某种冲动，甚至对于有些诗人来说这种想象和冲动会提前到来。尽管这是想象性的死亡之诗和幻觉意义上的"真实"发生的时刻，但是一个我对另一个身体的观照、审视甚至旁观者式的惊愕，都足以形成令人瞠目而又背脊发凉的惨烈、不可思议的一幕，"要是月光又一次踢翻我巨大的情感五斗橱 / 我就悠闲自在地走上阳台，想象自己在半夜 / 悄悄跨出栏杆，从六楼看自己的身体像一架 / 摔裂的机器。// 大腿这个零件便倒挂在围墙上和 / 走拢的星星们一起叹息"（《全世界都在等阳光》）。

诗人向诗而生，也是向死而生。甚至敏感的诗人更能够提前领受到死亡作为一种残酷精神的降临。1986 年，梁晓明在这一年的诗歌写作中频繁面对着死亡的想象。甚至更为不可思议的是，这一年夏天诗人所写的诗句竟然预言了另一个诗人在三年之后的死亡方式，"他最后死在铁轨上，手臂像木头飞向菜田"（《忏悔诗，杭州的酸、甜、苦、辣》）。对于梁晓明而言，这种死亡的想象和敏感以及惊悸刚好在 80 年代初和 2016 年构成了两个对跖点——"我的死亡它早已悄悄地来到身边，像一片绿叶 / 站上了一根细小的树枝 / 无声无息，却又那么触目惊心的 / 它在我们中间忽然变成了最好的朋友 / 在树影里轻轻摇晃着自得的身体 / 像家里的一员，它甚至也坐下来 / 也看着你，像我一样的向过去怀念……"（《死亡八首》）这种诗歌的死亡修辞学更多是建立于语言事实和精神想象的基础之上，"写诗也是一种死亡的练习。但除了纯语言的需求以外，促使一个人写作的动机，并不

全然是关于他易腐的肉体的考虑,而是这样一种冲动,他欲将他的世界,即他个人的文明、他自己的非语义学的统一体中某些特定的东西留存下来"。⑤一首诗的诞生,在梁晓明这里显然是经验和存在彼此拷问下的同时猝临,而这一切必须在诗歌中得到释放,反之将自伤其身,"近些日子心里极为敏感,感觉死亡好像忽然来到了我的身边,其实我八十年代初就那样感受过,为此我还特意走上了断桥,看着满目绿柳、白堤、荷叶和孤山,满怀留恋和告别的心绪,当时就觉得这种内心的丰富实在是诗歌最好的土壤,二十多年过去,今晚开始竟然感觉死亡又一次静静坐在了我的身边"(《死亡八首·前言》)。

实际上更难的还是在"日常"中写作,这要求诗人具有更高的发现能力。由梁晓明的《剥》这首诗我想到了保罗·策兰的《死亡赋格》。当然精神主体的差异性是明显的,而从诗歌的基调和形制上而言具有某种打通性。这种打通性更为关键的是"个人"在日常中的位置以及精神的完形。如果只是历史知识的掉书袋或者只是自我的日常流水账,那么诗人和诗歌就同时死亡了。日常中不可能完成的,真实而又白日梦般过渡和纠结的那一部分需要在诗歌里现身——

> 我一生剥过无数鸡蛋,在深夜剥
> 为了能坚持站立到明天早上
> 在早上剥,为了走进单位可以看清暗藏的手指、
> 更斜视的眼睛
> 最滑的泥鳅如何畅快的生活在泥里
> 在办事时剥,在走路时剥
> 边剥边感受蛋壳的疼痛、人们在车厢中拥挤的疼痛
> 七十年代小镇边缘那条尘土飞扬的机耕公路、飞扬的路上
> 细瘦的少年,漫天的灰尘中我想象着未来时内心的酸楚

限于篇幅,本文没有论及梁晓明具体参与当年先锋诗歌运动以及创办民刊《北回归线》的情形和意义,甚至没有详细论及他不同时期的几首相当重要的长诗,比如《敬献》(1991)、《长诗》(1998)、《开篇》(2002)、《进临海》(2013)、《死亡八首》(2014)、《种菜》(2016)。这不能不说是一个不小的遗憾。长诗,最能体现一个诗人的综合才能,这也是难度极高的写作样式。比如,评论家刘翔就认为梁晓明的《开篇》是 90 年代中国抒情诗的高峰之一。也许,对于我来说,这个长诗"对话"只能期待来日了。

注释:
① [美] 苏珊·桑塔格:《在土星的标志下》,第 109 页,姚君伟译,上海,上海译文出版社,2006。
② 本文所引的诗句出自梁晓明最新诗集《用小号把冬天全身吹亮》,中国青年出版社 2017 年 11 月版。
③ [美] 哈罗德·布鲁姆:《影响的剖析:文学作为生活方式》,第 10—12 页,金雯译,南京,译林出版社,2016。
④ 梁晓明:《我说中国现代诗歌——兼谈个人性写作》,《诗探索》2004 年秋冬卷。
⑤ [美] 布罗茨基:《文明的孩子》,78—79 页,刘文飞译,北京,中央编译出版社,2007。

观点
Viewpoint

张三夕 新诗绝句三十首
230

新诗绝句三十首

张三夕

导言 新诗绝句何为？

所谓新诗，是指用现代汉语写作的诗歌，它区别于用古代汉语写作的旧体诗（以五七言诗为主，包括不讲格律的古诗以及讲格律的近体诗）。所谓绝句，是指借用近体诗中绝句体对于行数的规定，即四行诗。所谓新诗绝句，就是用现代汉语写作的四行诗。为什么不用"四行诗"的名目而用"新诗绝句"的名目？是因为我个人对"绝句"这一传统诗体概念的偏好，"绝句"的内涵要比"四行诗"丰富多了。

自1917年胡适在《新青年》上发表"白话诗八首"（第一首是《蝴蝶》）以来，新诗写作走过了一百年历程。回首一百年新诗写作，可谓百花齐放，百家争鸣。新诗创作进入当代，更是五花八门，错综复杂。当代新诗之庞杂，数量之巨大，任何个人都难以全面把握。我们只能沿着某一个轨迹去深入。从形式上看，新诗写作大体上沿着两个轨迹发展，一是形式没有严格限定不要求押韵的自由诗，如郭沫若《女神》所代表的完全自由的方向；二是形式大致规整适当讲一些"格律"的自由诗，如胡适的"白话诗八首"就押大致相近的韵，这也是新月派所代表的新格律诗派的方向。从百年新诗创作实践来看，前者是新诗发展史的主流，后者慢慢变为支流。

王力《汉语诗律学》第五章《白话诗和欧化诗》第五十六节《自由诗》开篇指出："五四运动以后，白话文盛行，同时白话诗也盛行。白话诗是从文言诗的格律中求解放，近似西洋的自由诗。初期的白话诗人并没有承认他们是受了西洋诗的影响，然而白话诗的分行和分段显然是模仿西洋诗，当时有些新诗在韵脚方面更有模仿西洋诗之处。"王力先生为叙述的方便，"把近似西洋的自由诗的叫做白话诗，模仿西洋诗的格律的叫欧化诗"。他进而界定说："凡不依照诗的传统的格律的，就是自由诗。"在西方，极端自由的诗，是从美国诗人惠特曼（181—1892）才开始的。中国的白话诗的兴起恰巧碰上西洋诗提倡自由解放一派的兴起，"因此，当时的诗人们在诗的解放上可说是'迎头赶上'，有些地方几乎可以说是走在惠特曼他们的前面了。"(《汉语诗律学》增订本,上海教育出版社2002年版,第850—851页)王力先生的总结对于我们从发生学意义上认识新诗形式上的起源和分别是很有帮助的。

形式自由的新诗,经过百年的发展,不断面临文体学上的"认知障碍",新诗写得越来越不像传统意义上的诗。诗和非诗在形式上的边界越来越模糊,区别诗和非诗的最大公约数和最后的"门槛"只剩下一条:分行。哪怕是散文,只要你"分行",就有可能成为"诗"。不分行就只能是"文"。王力《汉语诗律学》中认为:"自由诗之所以成为诗,只在于诗的境界,不在于分行书写。因此,散文分行书写并不能变为诗;反过来说,诗不分行仍不失其为诗。"(同上,第859页)我不同意王先生的这种说法,把境界作为诗和非诗的界限,其实是很难把握的。什么叫境界?实在是一个仁者见仁智者见智的问题。我认为,"行数"已成为当代部分诗人关注的重要的形式要求,典型的例子是学习、借鉴西方的"十四行诗"即所谓商籁体而进行的写作。当然,商籁体不仅仅是分行的问题,可能是新诗史上最严格的格律诗。王力的《汉语诗律学》最后用了三节来加以讨论(见第六十三节到六十五节)。我这里不谈格律问题,只是从行数上来考虑新诗的形式问题。卞之琳先生不仅翻译了国外许多知名诗人的十四行诗,自己也创作了许多十四行的新诗。早在1920年代初,就有数百位诗人写出过数千首十四行诗,移植或改造了西方十四行诗体。1942年冯至先生出版《十四行集》可以作为1949年以前的汉语十四行诗的代表作。当代新诗坛,仍然有不少人坚持十四行诗写作,如我的同事邹建军教授就出版了几本"十四行诗"的诗集。

如果我们坚持诗歌这种文体必须"分行"这一最后底线,因此关于行数的推敲就是值得关注的诗学问题。如果借鉴小说篇幅的划分,我们也可以把新诗分为短篇、中篇和长篇,当然这种区分的界限只是相对的。新诗创作中多数是十几行和几十行的"中篇",少数是上百行甚至上千行的"长篇",比如我的朋友诗人野牛2008年创作了长达1224行的长诗《生命之水》,这类"长篇"应该属于比较极端的写作,当然也需要更大的才气和脑力。我个人以前也写一些"中篇",但近年比较关注"短篇"。我所谓的"短篇",是指受近体诗(律诗和绝句)行数规定的篇幅即八行之内。沙鸥先生曾有意借鉴近体诗的写法专注于八行诗的写作,并有"沙八行"之称,一时仿者甚众,我觉得"沙八行"是真正在新诗形式探索上能够贯通古今的有益尝试。从2013年开始,我把新诗写作的主要精力放在四行诗的写作上,即我所命名的"新诗绝句",偶尔也发表在我的新浪实名博客上。

我有意识写作新诗绝句是在2013年8月,当时写了一首诗《无题》,后用首句做诗题"生活就像一个闹钟"。2013年11月23日是一个难忘的充满诗意的日子,那天拿到张执浩的诗集《宽阔》,下午我们在华师文学院召开"当代学人之诗研讨会",我在会上做了《诗人身份与诗史显隐——关于学人之诗的一点思考》的发言。晚宴在桂香园紫荆厅,席间我主持了诗朗诵节目,有六人朗诵,首先是武汉大学文学院教授涂险峰用德语和汉语朗诵里尔克的《豹》;其次是我的同事、诗歌评论家魏天无教授朗诵了我的诗作《五彩滩》《乌尔乐魔鬼城》。天无兄朗诵我的作品时手在发抖,头冒汗,我开玩笑说他"太投入了""诗歌的力量太大了"。我自己朗诵感人诗篇时偶尔也会出现这种生理反应。晚上七点半钟在文学院一楼多媒体会议厅举办"繁星秋月——第七届'思想者与探索者'之光中外名诗朗诵会"。邹建军教授的四位研究生朗诵了建军的组诗《向往春天》。著名古典诗歌研究专家戴建业教授朗诵了自己的诗作《品茶》二首以及打油诗《我的中国梦》。我朗诵了《假如……》。曾在大学写过两年新诗、后任武汉电视台制片人的王光艳也上台朗诵了我的两首诗《无题》（生活就像一个闹钟）、《致全国哀悼日》。建业兄认真看了我的《无题》（生活就像一个闹钟）诗，说我还是要多写这类诗歌，耐读耐看有回味。受到好友的鼓励，我萌发多写新诗绝句的想法，我计划出一本《新诗绝句三百首》，算是我对新诗写作探索的一个创新性成果。现在可以告慰读者的是，我已经写了好几百首，争取未来一两年再写作几百首，完成上千首诗作后，从中挑选三百首就比较容易了。

为什么我要关注"新诗绝句"的写作呢？这主要是受到近体诗中绝句的影响。沈祖棻先生在《唐人七绝诗浅释·前言》中指出：

> 诗是最精粹的语言。它用经过反复挑选过的最合适的语言来表达其最美好、丰富和微妙的思想感情。而七言绝句则可算是最精粹的诗体之一，因为它以最经济的手段来表现最完整的意境或感情见长。当然五言绝句字数更少，但七绝虽然每句只比它多两个字，却显得委婉曲折。摇曳生姿，声辞俱美，情韵无穷，因而别有其动人之处。

我完全赞同沈先生对绝句精义的阐释。"以最经济的手段来表现最完整的意境或感情"，这既适合古代的绝句，也适合今天的新诗绝句。古代绝句，能够做到"以最经济的手段来表现最完整的意境或感情"，新诗绝句能否做到呢？我认为能够做到并值得坚持实践，因为我相信汉语是世界上最简洁、最美妙、最文约义丰的、最富于弹性的语言。当年钱钟书先生用文言文写作《管锥编》的用意之一是测试文言文的弹性，我想写作新诗绝句，也是要测试现代汉语的弹性。我先挑选2013年至2015年写的二十首新诗绝句发表出来，其中多为纪行诗，请大家批评指正。至于在诗艺上做得如何，自己心知肚明，读者也有一杆秤。

我还在做另外一种诗学试验，那就是"新诗集句"或"截句"诗。

古人有集句诗，即从已有的不同诗文中选出或截取一些句子重新组合成一首新诗。"集句"或"截句"其实是诗歌创作文本的"二次创作"，它不完全是一种"文字游戏"。好的"集句"或"截句"诗也能起到"脱胎换骨""点石成金"的效果。从后现代语境下看，"集句"或"截句"诗有点类似拼贴的创作手法，诗句的重新排列组合，可能更换了语境，从而构成新的诗意。在某种意义上，它也就形成了一个新的诗歌文本。古今中外的一些大诗人，往往在自己的诗作中直接借用前人的诗句，如毛泽东的诗词和艾略特的《荒原》。这种创作手法，也许可以看做是有限的"集句"或"截句"诗。

我这里所说的新诗"集句诗"或"截句"诗，是指从已有的某位诗人或多位诗人的诗作中截取四句诗，组合成一首新诗绝句。目前做的实验是从一位诗人的一首超过四行的新诗中截取四行，组成一首新诗绝句。至于从一位诗人的多首诗或多位诗人的不同诗作中集句为一首"绝句"，我做了一点，但不太满意，下一步要继续探索。在我看来，如果原作只有四行或少于四行，如卞之琳的《断章》、戴望舒的《萧红墓畔口占》等，则不能成为"集诗"或"截句"的对象。我认为，她们本身就是新诗绝句的极品与范本。集诗或截句是把原诗超过四行的，压缩为四行，如戴望舒的《雨巷》。所选的现代诗人有中国的也有外国的，所选的诗作，纯然按照自己的诗学喜尚和新诗绝句的"取景框"，不代表诗歌史的评价，只是代表我认同的好诗，它可以作为思考新诗的语言弹性、形式张力和表达空间的"张氏精选本"，聊作同仁、同好吟诵、切磋与商量。这里选取的十首诗，都是从一个人诗人的一首诗中截取的。这也符合古代绝句的来源和本意为"截句"，即截取律诗的一部分：或首尾两联，或后半首，或前半首，或中间两联。这类的"集句"或"截句"，有一个很大的好处，有利于读者背诵优秀新诗的精华段落，帮助提高新诗的记忆和流传。用我的好友兼诗友周晓明教授的话说，判断一首好诗的标准是看其中是否有佳句、名句或警句，我这里选取的十首"新诗集句"或"截句"，完全符合晓明兄这一有点"偏执"的诗学标准。

我们高兴地看到，近年来有的诗人已经在从事近似于我所的新诗绝句的写作，如网上流行的微诗，许多都是四行诗。还有的诗人也从古代"截句"获得灵感，如作家、诗人蒋一谈于2015年出版了一本诗集，名字就叫《截句》，《中华诗词》杂志主编、中华诗词学会副会长高昌先生对这本诗集做了积极的评价（参看高昌的文章《两岸青山相对出——新诗和旧诗的互见与互鉴》，载《光明日报》2018年9月28日，第13版）。

作为一个古典诗歌研究者和新旧体诗写作爱好者，我经常宣称："我是一个两面派，新诗旧诗我都爱。"任何对诗歌形式的探索，都不是为形式而形式。任何诗歌形式的探索都是有意味的。打开诗歌形式的空间，就是打开诗歌意义的空间。汉语诗歌的底蕴和魅力还远远没有被充分开掘。追求汉诗的形式自由会带来中国人的心灵自由，关键是如何运用形式的自由而打开心灵的自由。我希望我对新诗绝句的探索，能丰富我自己的心灵世界，能够打动读者的心灵世界，甚至能引起同道者携手前行。

请允许我以叶芝的诗《当你老了》（袁可嘉译本）来结束这篇导言，当然我依然采取绝句的方式：

当你老了，头白了，睡意昏沉，
炉火边打盹，请取下这部诗歌，
慢慢读，回想你过去眼神的柔和，
回想它们昔日浓重的阴影。

2018年12月

三夕按：

本"导言"写好后，发给新诗造诣很深的好友王亚非、魏天无，请他们指正，我很快得到他们回复的富有启发性的意见，一些有价值的问题留待以后进一步思考。特此致谢！

新诗绝句二十首

生活就像一个闹钟
2013年8月22日

生活就像一个闹钟，
不时被上紧发条。
有多少美梦，
自己把自己吵醒？

环塔克拉玛干沙漠壮游（十首）
2014年7月15日—24日

祁连山冷月
2014年7月15日

连绵雪峰闪着一抹银色，
一轮圆月低悬在银色上。
列车在黑夜中静静驶过，
天地间惟有冰心一片。

一次会
2014年7月16日

日语称人生只有一次的相会叫"一次会"，
汉语好像没有类似表达。
若问"一次会"最佳场景——
长途行驶的列车。

沙漠里的胡杨木
2014 年 7 月 17 日

沙漠里的胡杨木，
枯黄的树干上扛着生命的绿叶。
什么基因让你三千年不死？
我渴望成为一株胡杨木。

红柳
2014 年 7 月 18 日

你柔软的身姿，
绽放出红色的诱惑。
黄团锦簇，沙漠公主，
风沙映照你柔中有刚。

玉龙喀什河
2014 年 7 月 19 日

千万年河水打磨成和田玉，
无数淘玉者早已把河床翻遍。
今天几个老男孩来到河滩上，
只能带回几块似玉的石头。

瞻仰麻赫穆德·喀什噶里麻扎
2014 年 7 月 20 日

一部《突厥语大辞典》的被发现，
将维吾尔族语言的历史向前推移一千年。
从巴格达到喀什，
您的身影映照伊斯兰文化的光辉。

喀什高台民居
2014 年 7 月 20 日

黄土高台上一片古老的民居，
像嵌入现代城市的一部羊皮史书。
世代相传的土陶艺人将工作与生活融为一体，
修缮残垣斯壁将扭曲它的自然肌理。

阿克苏的多浪河
2014 年 7 月 22 日

连绵 2.5 公里的多浪河无风不起浪，
小桥流水让我如同置身江南园林。
谁说西域只有干涸的戈壁沙漠？
多浪河让表哥乐不思蜀。

克孜尔千佛洞
2014 年 7 月 23 日

孤悬在寸草不生的黄土高坡上，
劫后余生的壁画依然色彩斑斓。
同行的"风水大师"认定：
座山死龙，向山活龙。

铁门关
2014 年 7 月 24 日

古丝绸之路的必经之地，
惟有岑参留下孤寂的诗句。
昔日荒凉的驿站如今成为旅游景点，
只是再也激发不出像样的边塞诗。

闽西赣南行（四首）

2014 年 12 月 26 日—27 日

古田

此地因一次会议而出名，
其政治意义已蜕变为商业性旅游说辞。
我最喜欢作于此地的《星星之火，可以燎原》，
其洞若观火的识见无疑一首伟大的诗篇。

长汀

走遍中国的艾黎一席话，
让你与湘西凤凰城齐名。
汀江虽不及沱江清澈，
两岸的城墙却比吊脚楼更古老。

叶坪红色景区

这里曾是一块荒僻的农村山地，
诞生了中国第一个红色政权。
放眼四望，
天空好像出现一弯彩虹。

凰宫足浴

两位女技师居然都姓谢，
技法娴熟，轻重合适。
墙上凰妃开背的项目吸引我们注意，
小谢笑着说：你们别想歪了！

台湾行（四首）

圆山饭店夜景
2015年11月2日

绿山中一栋红色大楼孤立,
俯瞰山脚下万家灯火。
满载陆客的大巴川流不息,
我遥想宋美龄当年的风姿。

夜访梁实秋
2015年11月2日

莎士比亚陪伴你十五年。
木栅栏上的肖像已经褪色。
雅舍前的雨巷有几分萧瑟,
我想象你当年进出的身影。

雨中七星潭
2015年11月3日

海浪卷起圆润的石头,
退下去发出悦耳声音。
十公尺外就是千米深渊,
导游说他的初恋在这里。

林语堂故居
2015年11月3日

书架上放着《汉英字典》的手稿,
打字机似乎还在等待它的主人。
一部《生活的艺术》打动了美国读者,
远山林间飘动着你的文字的芬芳。

新诗绝句·集句或截句诗十首

一、再别康桥（徐志摩）

悄悄的我走了，
正如我悄悄的来；
我挥一挥衣袖，
不带走一片云彩。

二、蜜腊波桥（法·阿波里奈尔，闻家驷译本）

让黑暗降临
让钟声吟诵
时光消逝了
我没有移动

三、雨巷（戴望舒）

撑着油纸伞，独自
彷徨在悠长、悠长
又寂寥的雨巷，我希望飘过
一个丁香一样地结着愁怨的姑娘。

四、世界上最远的距离（泰戈尔）

世界上最远的距离，
不是瞬间便无处寻觅，
而是尚未相遇，
便注定无法相聚。

五、死水（闻一多）

这是一沟绝望的死水，
清风吹不起半点漪沦。
不如多扔些破铜烂铁，
爽性泼你的剩菜残羹。

六、与公木重逢（沙鸥）

我久久地扶住你
要看看风雨的痕迹
乌黑的海潮压在心中
你分明是一座礁石

七、相信未来（食指）

当我的紫葡萄化为深秋的泪水，
当我的鲜花依偎在别人的情怀，
我依然固执地用凝霜的枯藤，
在凄凉的大地上写下：相信未来。

八、回答（北岛）

卑鄙是卑鄙者的通行证，
高尚是高尚者的墓志铭。
看吧，在那镀金的天空中，
飘满了死者弯曲的倒影。

九、献给黄昏的星（戈麦）

黄昏，是天空中唯一的发光体
星，是黑夜的女儿苦闷的床单
我，是我一生中无边的黑暗
在这最后的时刻，我竟能梦见

十、日记（海子）

姐姐，今夜我在德令哈，夜色笼罩
这是雨水中一座荒凉的城
今夜我只有美丽的戈壁　空空
姐姐，今夜我不关心人类，我只想你

杨碧薇专栏

YANG BIWEI's Column

现代性之易与难

现代性之易与难
——从一个侧面看中国摇滚与汉语新诗

杨碧薇

1994年,当何勇咆哮着喊出"我们生活的世界,就像一个垃圾场"(《垃圾场》)时,距崔健在工体唱响《一无所有》已过去了整整八年。八年时间里,中国的摇滚乐初出襁褓,便直接跳过了嗷嗷待哺的婴儿期,犹如脱缰的野马在时代的星空下一路狂奔。紧接着,魔岩三杰顺风顺水,登上了万众瞩目的舞台。当他们还在咀嚼着"巨星"滋味时,这个从不屑于等待任何人的时代,很快就会把他们从镜花水月的摇滚巅峰上轻轻扫下来,放逐到被流行文化遗弃的孤单角落里。

"站在这里,只有一个问题 / 向阳花,如果你生长在黑暗下 / 向阳花,你会不会再继续开花"(谢天笑:《向阳花》),不知当年的摇滚音乐人和乐迷们是怎样"穿过幽暗的岁月"(许巍:《蓝莲花》),反正,汉语新诗早就领受了这种滋味。20世纪90年代前后,新诗比谁都清楚:在80年代建造的那座灿烂城堡下,沙土的根基正在一点点松动,一点点坍软。1989年3月26日,敏感的诗人海子用决绝的方式同世界告别,率先充当了这场诗歌大溃败的预言者。伴着一阵悄无声息的坍塌,恍惚间,新诗已不是时代的宠儿,它跌下神坛,在"推心置腹已成过去……没人给你面子"(扭曲的机器:《没人给你面子》)的尴尬年代,如"一颗冬日的种子期待着新生"(穆旦:《玫瑰之歌》)。

这个时候,中国摇滚与汉语新诗几乎是"同呼吸共命运"了,但它们并不打算惺惺相惜、携手并进:摇滚试着重回地下,从低处突围,新诗则在内部掀起了叙事小旋风。这种坚决"不合作"的姿态,或许正取决于二者的秉性,也注定了它们不会走一样的发展道路。同时,这种"不合作"还深刻地影响了新千年以来的中国文化格局,令我们蓦然惊觉:80年代那种百花齐放的文化盛景确实已经消失殆尽了;不知从何时起,文艺的各门类失去了对话的激情和交融的能力。这是当代艺术之大憾——精耕细作的创作方式不一定就佐证了我们的高级,相反,它无情地暴露出我们丧失了探索世界的野心,更不用说创造新天新地的大才。

其实，从发生源头来看，中国摇滚与汉语新诗虽然诞生于不同时期，但都与现代性有关，都有"西方"这一观照对象。

中国摇滚诞生于20世纪80年代。1980年，万李马王乐队在北京成立，主要演绎西方老牌摇滚乐队歌曲。此后几年，阿里斯（1981）、蝮虫及（1982）、七合板（1984）、不倒翁（1984）等乐队纷纷成立。这期间，由艾迪等几名外国人组成的大陆乐队（1982）、香港的Beyond乐队（1983）也破土而出。1986年，在工体的舞台上，崔健的《一无所有》一鸣惊人。人们发现，自我的迷茫以及对时代的困惑，都被这首歌表达得酣畅淋漓。通过这首歌，崔健不仅表达了自己，还成为时代的代言人。这种新鲜的音乐形式带给国人的体验如同行星相撞——压抑许久的力终于凝聚起来，发出急迫的呼喊。这感觉，用一个词来形容，就是"过瘾"，人们再也无法忽视摇滚的力量。从1987年到1994年，摇滚乐队如雨后春笋般出现在中国大地上：黑豹、ADO、呼吸、唐朝、面孔、青铜器、现代人、眼镜蛇、报童、红色部队、做梦、指南针、超载、AGAIN、自我教育、D.D.、穴位、粉雾、苍狼、鲍家街43号、子曰……现在，当我在深夜里敲下这些名字时，仍有一阵阵的血涌，仿佛一个时代的沸腾还在我指尖停留。当时的人们或许并没意识到，自新文化运动以来，摇滚乐是最为彻底的一种现代艺术形式。百年来国人对现代性的梦想，正在这种兴起于城市的音乐中实现。在摇滚乐身上，我们能看到现代性走到目前阶段的所有特征。而且摇滚乐并不满足于喊出时代的第一声，它还致力于对现代性的反思：它既是独立的，又是怀疑的；在两难的价值判断中，它领跑于时代，提供新的启示。什么是"先锋"（Avant-grade）？这才是真正的先锋。我由此想到，一些新诗诗人不加辨别，将所谓"80后""90后"等年轻诗人统称为先锋，真是愚蠢到家，也可笑至极。

摇滚乐是现代社会的亲生子。20世纪40年代末，摇滚乐（Rock and Roll）起源于美国；50年代起，摇滚乐开始流行；在60—70年代，摇滚乐形成一股热潮。短短廿余年间，摇滚乐势如破竹，此种情形与西方社会20世纪中期以来的动荡及变化紧密相连，可谓是危机重重的现代文明的一次力比多反弹。摇滚乐身后的布景，就是高度发达的工业文明和日渐失去公信力的现代政治制度，是作为一股颠覆力量的青年亚文化的兴起，是对现代文明的深刻怀疑、反叛与反讽。如果说，靠这些还不足以证明现代文明就是摇滚乐产生的土壤，那么，回到摇滚乐的技术本质上去看，答案就再清楚不过了。摇滚乐的诞生依靠现代技术的保障。电子乐器的发明是一次伟大的声音革命。例如，通过效果器，电吉他可以模拟多种声音，制造特别的音色，产生独有的音效，如失真、混声、延迟、哇音等。这些电音既不同于自然之声，也与传统乐器的声音天差地别，它们丰富了人类的听觉体验，刷新了人们对声音的认知，也最适合表现现代人的情感和经验——它们就是一种新的世界观，就是摇滚乐的技术基础。

摇滚乐也受到了以往的音乐，如布鲁斯（Blues）、R&B、乡村（Country）甚至是爵士（Jazz）的影响，但这些影响更多是发生在结构、形式和具体的技法层面，并不能取代现代性对摇滚乐的决定性影响。自诞生始，摇滚乐也面临着定义的困难，破坏、解构、独立、自由、爱与和平、享乐主义、虚无主义、青年意识、宗教反思等，都是摇滚乐的关键词。没有人能彻底地说清楚摇滚是什么，但摇滚的定位和形象，始终呈现出明确的现代性，不会有人指着摇滚说："瞧，这是古典音乐。"

中国摇滚是在西方影响下产生的，继承了西方摇滚的现代性核心；当然，中国的时代环境才是其基本背景，中国人的思想情感才是其基本动力。如今，中国摇滚也即将迈进不惑之年，一路走来，有艰难也有幸运。如果20世纪80年代不是它曾经的样子，而是另一种面貌，那么，中国摇滚就极有可能夭折，甚至它根本就不会诞生，还将推迟若干年才出现。庆幸的是，在80年代，中国摇滚诞生了，并且带着明显的现代性胎记。它与现代性的拥抱，与西方摇滚的天然黏合，对中国当代的追踪与捕捉，都是与生俱来的才能。对于中国摇滚，我试给出几个关键词：现代、都市、先锋、边缘（亚文化）、西方影响与中国当代。

谈完了中国摇滚的现代性，再来谈汉语新诗的现代性。1918年1月，《新青年》刊出了胡适、沈尹默、刘半农的九首诗，新诗开始登上历史舞台。新诗的诞生，是新文学的必然逻辑，也是建立现代中国的需求之一；它包含的，正是对现代性的诉求，现代性就是新诗的基本规定。胡适说："诗体的大解放就是把从前一切束缚自由的枷锁镣铐，一切打破：有什么话，说什么话；话怎么说，就怎么说。这样方才可有真正白话诗，方才可以表现白话的文学可能性。"[①]这段话有几层意思：一、诗体的大解放就是"破除",打破"从前一切束缚自由的枷锁镣铐";二、诗体的大解放还是"建立",建立的方式是自由地说话、表达,"有什么话,说什么话;话怎么说,就怎么说";三、"大解放"既是诗体的解放、文学的解放,也是文化的解放,目的是弃古从新,在追求现代性的过程中,创造属于中国的现代文化,建立适应于中国的现代文明。

初出茅庐的新诗带着令人震惊的力量走在时代队伍的前列。1920年,胡适的《尝试集》由上海亚东图书馆出版,这是史上第一本新诗集。1921年,郭沫若的诗集《女神》由上海泰东图书局出版,标志着新诗取得了突破性进展。1927年,鲁迅的《野草》由北京北新书局出版,他用自由的形式、丰富的语言和奇特的想象扩展了新诗的边界,为新诗输入了复杂的现代性体验……但是,标志性、高标杆的作品的出现,并没有抵消新诗受到的诟病。新诗自诞生以来,合法性就一直受到质疑,这种质疑带给新诗的困扰、对新诗形象的损伤持续至今,而新诗为此进行的辩驳也持续至今。

为什么会有质疑?在所有的问题里,现代性正是核心之核心。作为新文化运动的急先锋,新诗是新文学的一部分,它在思想与形式上的全面革新,体现的正是新文化运动的改革诉求:一是思想的现代化,二是语言的现代化。经过几次重要论争(如和甲寅派、学衡派的论争)和不懈努力,20世纪中国的文学格局彻底洗牌,新文学占据了上风,获得了不争的统治地位,这一点,从小说和散文上可见一斑。惟独新诗,在文学革命中打响的是第一枪,却从未获得全面的认可。新诗的这一窘境,折射的正是现代性在中国之艰难。"现代性"本就是一个一直在发展、不可被彻底完成的概念,其动态性,加大了人们的理解难度,更加大了实践难度。王富仁指出,"严格说来,在现代社会里,就不存在'完成的现代性',因而'未完成的现代性'这个概念也没有实际的意义"②。他进而认为,"'现代性'是一种价值,但却不是中国现代所有事物、所有文化现象的价值,亦即它不是唯一的价值标准。古典的、经典的、传统的价值仍然是一种价值,这种价值是以现实需要的形式而存在于中国现代社会乃至未来的社会之中的"③。所以,现代性在中国之难,还在于它并非一统天下;相反,它还与古典性、传统性相缠绕,共同构成一种特殊的属性。在这种综合属性中,现代性的价值常常被覆盖,对现代性的指认也变得困难。然而,现代性在现代社会中的接受配比仍是可观测的。例如,是喜欢传统戏曲的人多,还是喜欢电影的人多;是喜欢古典汉诗的人多,还是喜欢汉语新诗的人多……这些都体现了现代性的接受配比。可惜的是,新诗在受到质疑时,并没有坚定地捍卫现代性的合法性,亦没有坚决地表现现代性特征,因而总是受到身份问题的困扰。与此同时,古典汉诗依然是徘徊在新诗天空里的幽灵,依然在与新诗争夺阵营,这种情形还会继续下去。

在与古典汉诗的"PK"中,新诗的难处是:在现代性的规定下,新诗必须打破一切形式，故而缺少了古典汉诗的形式保障，古典汉诗只需在既定的框架内进行填充，而每一首新诗都是一次形式创造；在形式失保的前提下，新诗只能依靠现代性根基来发明新的诗意，确保新的诗意与古典汉诗的诗意有所不同，从而才能证明新诗的成立。然而，一些新诗诗人对于现代性的态度是模糊的、暧昧的、不坚定的。这就导致了他们一方面难以用心识别现代性体验，一方面又不能娴熟地操用现代写作经验，将现代性体验有效地转换到新诗里，建立结构性的新诗现代美学。在当下的新诗语境中，除了个别拔尖的优秀诗人外，大部分作为基数的诗人并没有真正地解决这个关于现代性的问题，他们要么是没有意识到问题，要么是提出反对意见。按照他们的思路，新诗不过是"新瓶装旧酒"，新的自由体形式不过是用来装下早已被抽去灵魂的古典体验，装下不复存在的田园、虚假的伤春悲秋和意淫中的才子佳人。换言之，他们宁可服膺于传统的谎言，做传统的奴隶，也不愿去发现日常生活的趣味，发现身边事和自己对此刻世界的体验。在抛弃了现代性之后，他们的写作不过是为新诗作出了屈辱且无知的注脚；在他们笔下，新诗不新不旧，不土不洋，不伦不类，既超越不了古典汉诗，也达不到新诗最基本的现代性要求。悲哀的是，一百年了，这样的基数至今逡巡在新诗生态的中低部，并以绝对的声音优势向大众宣讲着新诗是什么。新诗则不得不一次次应对这般尴尬：既因现代性的内在要求而失去形式的保护，又尚未建立起广泛的、牢固的与现代性配套的言说方式及美学机制。综合这两方面的尴尬，新诗合法性成了百年难题。

在现代性上，中国摇滚与汉语新诗呈现出极大的差异。这种差异的根本原因或许是：摇滚产生时，更像是现代性的"输出"，即现代性发展到现有阶段的阶段性（终端）产品；而新诗诞生时，更像是现代性的"蓝图"，它还不是产品，充其量只是产品的毛坯。杨春时指出，"现代性有感性、理性和反思—超越三个层面。中国现代性存在着感性现代性不足、理性现代性片面和反思现代性薄弱的结构性缺陷"④。比较摇滚与新诗，我们可以更深入地了解这三方面的问题。

摇滚没有古典的困扰，摇滚自己创造传统。摇滚的传统，就是现代性的传统，这一传统里包含着对现代性的反思，因而更有纵深，也更富洞见。例如，摇滚乐自问"为何我总要追求"（崔健：《一无所有》），自问"也许是我不懂的事太多，也许是我的错"（黑豹：《Don't break my heart》）。在这些感性的现代性体验上，摇滚乐又展开理性的反思："这世界充满快乐，它让我艰苦"（超载：《距离》）、"什么能证明我活着，什么能证明我死了"（谢天笑：《昨天晚上我可能死了》）。短短半个多世纪以来，众多流派的崛起、不同风格的创造、大量优秀作品的涌现和不可忽视的社会影响力，都证明了摇滚乐构建自身传统的能力，也证明了现代性的创造活力。而摇滚乐是怎样处理与古典的关系的？我们看到，摇滚乐中即使包含了一些古典元素，也是现代性对古典的囊括、改造和利用，而非对古典的投诚。在舌头乐队的《妈妈一起飞吧，妈妈一起摇滚吧》里，就有一幅古典生活的图景："不知道多少年以前／人们来到这里／给山和河起个名字／骑马的坐在马背上／放羊的跟在羊身后／牛儿吃草卷起舌头／狐狸和土狼寻找着野兔子的窝。"这幅图景正是被放在现代性视野下的——摇滚乐对它的描绘，正是基于对现代性的反思和批判；所以，现代性仍是歌曲言说的对象，也是歌曲要揭示的问题。

正如王富仁所说，"现代性"的概念一直在变动中，不可能存在"彻底的现代性"，摇滚乐自身也在不断发展变化。在年轻的乐队假假条那里，我看到中国摇滚乐已经有了属于自己的传统，这种传统正在影响新一代的音乐人，对他们提出了更高的要求。而假假条们对于"传统"更是有着敏锐的嗅觉，他们在有意识地打通中西文化，试着建立一个更丰盛、更深厚的摇滚文化体系。例如，他们将垃圾摇滚（Grunge）、德国前卫摇滚（Kraut Rock）、英国入侵（British Invasion）和中国民乐结合在一起，体现出崭新的开拓意识，对摇滚现代性的能指和所指都进行了新的发明。

相比摇滚，志在打破一切束缚的新诗反倒为自己添设了不少障碍。对于古典的态度，就是新诗通往自由之路上的"障碍"之一。当然，我从不反对新诗向古典学习，而是认为这种学习应该建立在理性地认可现代性的基础上，必须要以现代性为基准去眺望古典。优秀的新诗诗人都会明白这个道理：有了现代性的反思，再回头去看古典，方才是"禅中彻悟"，"看山仍是山，看水仍是水"。这时的山水已不是最初的（古典的）山水，而是经过"看山不是山，看水不是水"的现代性反思过滤后的山水，张枣的《何人斯》正是这种过滤后的山水。如果缺少这一层反思，缺少对现代性的基本洞察，那么，新诗中所有的古典倾向都是可疑的、廉价的、速朽的。我对于新诗现代性症结的无情"指控"，可能会招致已洞察到这一秘密的新诗诗人的不满——因为，对于合格的新诗诗人来说，现代性从来都只是一种再自然不过的本能，它不应成为被反复论证、校准的诗学问题。但我们须谨慎的是：如果现代性在新诗里还不是大面积地铺展，新诗就仍将继续面对合法性的纠缠，而这，势必会分散新诗本身及新诗批评的宝贵精力。

那么，这一问题该如何解决？或许摇滚乐能为新诗提供有益的启发——前文说过，摇滚乐很难被定义，但它能被呈现；它呈现出什么样子，我们感知到的"摇滚乐"这种音乐类型就是什么样子。民谣摇滚（Folk Rock）让我们领会抗议的意义，朋克（Punk）向我们宣讲自由和解构，金属（Metal）带我们探索电音和速度之美……正因有了这些呈现，我们心目中的摇滚才是反叛的、自由的、解构的、音速的……同理，对新诗来说，最好的办法是进行有效的现代性写作，并让这种写作成为广泛的示范。摇滚之所以为摇滚，取决于创作者如何创作和演绎。而那些优秀的新诗诗人也可以用实际的写作证明：新诗应该是现代性的，并且，只有现代性的基石才能保障新诗的合法。当好的作品大量涌现，新诗的现代性也就不证自明。最终，关于新诗的现代性之难，我寄希望于"写"本身。我相信，好的作品会比辩论和空谈更有力。在新诗的第二个百年，是时候清理新诗身份问题的沉渣，也是时候姹紫嫣红了。

2019-3-3 北京

注释：
① 胡适：《我为什么要做白话诗——〈尝试集〉自序》，1919年5月，《新青年》第6卷第5号。
② 王富仁：《"现代性"辩证》，北京师范大学学报（社会科学版），2013年第5期。
③ 同上。
④ 杨春时：《论中国现代性》，厦门大学学报（哲学社会科学版），2009年第2期。

霍俊明专栏

HUO JUNMING's Column

"从世界的血"到"私人笔记"（上）

从"世界的血"到"私人笔记"
——我的长诗阅读史

霍俊明

改变我们的语言,首先必须改变我们的生活。
——(圣卢西亚)德里克·沃尔科特

永恒静止着,光阴掠过

在你们相爱或不朽之前
你们
还是需要很多时间的
——骆一禾《世界的血》

想要写出一首好诗,是一个
世界性难题。
——雷平阳《难题》

上篇

长诗写作是必然受到特别关注的"样本",我这样说一点都不为过。

一首一般意义上的长诗并不见得能够抵得上短作,甚至有时候会情形相反,而一首具有重要性的长诗从精神体量和写作难度上肯定要比断章更具挑战性。

确实，长诗对诗人的要求和挑战是近乎全方位而又苛刻的，不允许诗人在细节纹理和整体构架上有任何闪失和纰漏，同时对诗人的思想能力、精神视野、求真意志以及个人化的历史想象力也提出了更高的要求。反过来，也必须给一些嗜爱长诗写作的诗人泼一盆冷水，因为从汉语诗歌传统来看长诗未必是衡量一个诗人重要性的首要指标，甚至能够得以流传下来的恰恰是一些短诗以及其中耀眼的句子。

汉语新诗一百年，诗人们在写作上的自信力显然不断提升，而很多浸淫诗坛多年的诗人也不断尝试进行长诗写作。这似乎都为了印证自身的写作能力以及诗歌实力，也是为了给一个想象中的诗歌史地理建立一个可供同时代和后代人所瞩目的灯塔或者纪念碑。

从一个更长时效的阅读时期来看，长诗与总体性诗人往往是并置在一起的，二者在精神深度、文本难度以及长久影响力上都最具代表性，"达尔维什晚期的巅峰之作长诗《壁画》，让我阅读之后深受震撼，这个版本也是薛庆国先生翻译的。达尔维什早期的诗歌基本都是抗议性的诗歌，当然它们也是极为优秀的，但是从人类精神高度的向度上来看，《壁画》所能达到的高度都是令人称奇的。我个人认为正因为达尔维什有后期的那一系列诗歌，他毫无悬念地成了20世纪后半叶最伟大的诗人之一。"（吉狄马加《在时代的天空下——阿多尼斯与吉狄马加对话录》，《作家》2019年第2期）每个诗人和写作者都会在现实、命运以及文字累积中（尤其是长诗）逐渐形成"精神肖像"乃至"民族记忆"，尽管这一过程不乏戏剧性甚或悲剧性。

与此同时，在对事物的独特而复合的观察角度方面，我们也期待长诗和总体性诗人。这是介入者、见证者、旁观者、局外人、肯定者、怀疑者的彼此现身。一个诗人一定是站在一个特殊的位置来看待这个世界，经由这个空间和角度所看到的事物在诗歌中发生，"必须获得自己固定的位置，而不是任意把它摆放在那个位置上，必须把它安置在一个静止而持续的空间里，安置在它的伟大规律里。人们必须把它置于一个合适的环境里，像置于壁龛里一样，给它一种安全感、一个立脚点和一种尊严，这尊严不是来自它的重要性，而是来自它的平凡的存在"（里尔克）。后期翟永明是"少就是多"的极少主义的写作，"一次，我置身于一个四方的、极少主义的窗户，发现窗外那繁复的、琐碎的风景被这四面的框子给框住了，风景变成平面的，脆弱而又易感，它不是变得更远，而是变得更近，以致进入了室内，就像某些见惯不惊的词语，在瞬间改变了它们的外表。于是我想到：对于一个词语建筑师来说，那些目不暇接的，词与词的关系和力量，那些阻断你视线，使你无所适从的物和材料，是无须抱怨的，我们只需要一个二维的、极少主义的限制。"（《面对词语本身》）

真正的诗人带给我们的景观是一个个球体而非平面，是颗粒而非流云，是一个个小型的球状闪电和精神风暴。

这样就尽最大可能地呈现出了事物的诸多侧面和立体、完整的心理结构。诗既可以是一个特殊装置（容器）又可以是一片虚无。就像当年的史蒂文森的《观察乌鸫的十三种方式》那样穷尽事物的可能以及语言的极限。这多少也印证了里尔克关于球型诗歌经验的观点。这最终产生的是特殊的"精神风景"和格物学知识。这一格物学知识意义更为重大，因为它不只是对环境、事物和细节的重新发现，也是对词语发现和创设能力的诉求。由这些封闭、半封闭或开放空间的事物细部出发，那些自然之物与诗人内心时常出现呼应或者矛盾，彼此摩擦、龃龉、碰撞。甚至一定程度上我喜欢长诗中粗粝、摩擦和未完全经过修辞化的部分；我喜欢那些日常现场的气息，喜欢一个人坐在雾霾笼罩的院子里对往事的追挽和自我厘清与忏悔。具象性的空间与模糊、抽象迷离的精神空间构成的正是特殊的精神之路。这一切所产生的结果就是真切而非实有，但又足以支撑起一个个孤独的生命夜晚和被切割的碎片化的时间体验。然而，中国的汉语长诗曾一度沉浸于庞大的文化符号系统和形而上的蹈空以及匹褊狭的乌托邦迷阵，而恰恰丧失了生命诗学意义上的个体主体性的存在感以及相应的语言方式和想象能力。当下的长诗既是自我之歌，也是个人立场、现实经验和历史想象的复杂关系的寓言化文本的交差和错位。以身饲虎，或自食本心，这就是人作为精神之物的命运。这是真切精确的细节情境与精神性的心象交织成的寓言化文本。

无论是诗歌史叙事还是各种综合视野的诗歌研究与批评，长诗在一定程度上还是会占据很大的话语权，而不同时期写作者的心态、写作策略和某种更为直接的企图都会发生很大的变化。

关于长诗早在二十世纪三四十年代就有争论且分歧很大，比如当时有的观点认为其时已经不再是写作叙事长诗的时代了，因为叙事的功能已经让位给了现代小说。而朱自清则认为这是一个极易产生现代史诗的时代。而实际上从胡适那一代人开始直到三四十年代出现了很多长诗,其中大体以叙事长诗为主。回顾百年新诗,叙事诗(包括剧诗)的写作倒是构成了一个传统,比如《十五贯》(沈玄庐)、《敲冰》(刘半农)、《凤凰涅槃》(郭沫若)、《猫诰》(朱湘)、《宝马》(孙毓棠)、《往日》(陈梦家)、《一个诗人的故事》(窦隐夫)、《火把》(艾青)、《古树的花朵》(臧克家)、《蝶恋花》(李健吾)、《一代一代又一代》(徐迟)、《射虎者及其家族》(力扬)、《漳河水》(阮章竞)、《王贵与李香香》(李季)、《赶车传》(田间)、《白雪的赞歌》《深深的山谷》《一个和八个》(郭小川)、《划手周鹿之歌》(唐湜)等等。除了叙事长诗(包括民间的叙事诗)和少数族裔的创世史诗和民族史诗(代表性的是云贵川西南地区的长诗传统和遗传因子的当代激活,这也是为什么彝族诗人善于和不断创造大量长诗的深层动因,比如吉狄马加、阿库乌雾、柏叶、俣伍拉且、阿兹乌火、阿索拉毅、普驰达岭、阿苏越尔、麦吉作体、马海吃吉、吉格喜珍等,至于"90后"彝族诗人比曲积布用英语创作的1500行的长诗《语祭山梦》则带有更明显的"民族世界性"的用意)之外,一般意义上的个人前提下的长诗写作一直缺乏相应的传统,"虽然,从晚清开始,出于对现代民族国家的想象,一种史诗性的冲动,同样存在于新诗历史中,有关'长诗'的构想和实践,也吸引过不少的诗人,但在总体上并不占据主流"(姜涛《小大由之:谈卞之琳40年代的文体选择》)。

从40年代一直到70年代,长诗写作尤其是政治抒情长诗(甚至包括所谓的"诗报告")和民歌体的叙事诗一定程度上承担了强大的社会功能,比如救亡、革命和政治教化的主题。当然像郭小川那一时期的长篇叙事诗《一个和八个》《白雪的赞歌》《深深的山谷》在那个时代具有文本的复杂性,是多重声音的混杂,甚至有个人的分裂感的声音出现。而郭小川在当时受到批判就是因为他游离了时代主流规范的个人的知识分子的声音。尤其是六七十年代"地下"和先锋性质的长诗萌芽(比如食指的《海洋三部曲》《鱼群三部曲》、根子的《白洋淀》《致生活》《三月与末日》、多多的《蜜周》、林莽的《二十六个音节的回想》、马佳的《北方之歌》等)以及80年代写作热潮的长诗热成为这一传统的重要节点。而80年代初期到中期写作长诗的热潮也是对那个特殊时代诗歌所做出一种回应或应激反应——无论是修辞上还是主题上。这些文本对于考察那个时代同样具有社会学意义上的价值,尽管从诗歌内部的构成和机制以及某种写作惯性来看其中会存在着问题。

1993年唐晓渡在编选《与死亡对称》(长诗、组诗选,北京师范大学出版社)时强调长诗在一个时代的标志性作用,"或许没有比长诗更适合作为一个时代诗歌标志的了;因为它存在的依据及其意义就在于,较之短诗,它更能完整地揭示诗自成一个世界的独立本性，更能充分地发挥诗歌语言的种种可能，更能综合地体现诗歌写作作为一种创造性精神劳动所具有的难度和价值。"（《从死亡的方向看》）

欧阳江河在晚近时期的一篇文章《电子碎片时代的诗歌写作》中认为"大国写作"需要"长诗"与"大格局"匹配，"我们中国是一个大国写作，现在诗歌变成一个小玩意儿了，这是让我很悲哀的。大国写作从来不是举国体制的问题，但绝对不是小语种小国家的写作，不是小格局，大国写作是写作中的宇宙意识、千古意识，事关文明形态。当今美国可以想象宇宙，想象外星球的战争，想象高科技的很多东西，但美国没有办法想象万古。美国压根儿没有万古，整个国家的历史才几百年。中国的诗歌写作，情况不一样。怎么才能呈现那种诗歌写作意义上的大国写作，如果最好的诗人也不关心和追问，那就真的没有了。小诗、小情趣是可以的，但是能不能有更大的抱负，用更久远的历史眼光来看待诗歌？是不是另外有一个写作的坐标？"而在中国诗人的"大国写作"与"万古愁"这一点上，加里·斯奈德则认为绝大多数美国人是不习惯去思考"故乡"这一问题的。

尽管我们的诗歌史和经典化目光很容易被长诗所吸引，写作长诗也成为一代又一代诗人的"个体乌托邦"，但是批评长诗写作的也大有人在，比如沈浩波——"今天回头看，那些在80年代曾经被视为诗歌现象的史诗式长诗、组诗写作已经很少再能被人提及和想起，在事实上已经被宣判为无效。为什么北岛的《白日梦》至今有效？为什么欧阳江河的《悬棺》和海子的若干长诗、诗剧已经无效了？因为前者建立在基本的现代主义深度意象派诗歌的内在规律基础上。而80年代更多的长诗、组诗写作者则将诗歌建立在文化野心、抒情野心、史诗野心的谵妄心态上，梦想成为时代的代言人，梦想用诗歌来让自己成为文化英雄。80年代如此，90年代也是如此。"（沈浩波、霍俊明、颜炼军、王士强《当代"长诗"：现象、幻觉、可能性及危机》）

长诗的写作实践以及相应的讨论与研究，首先有一个界定标准问题。多长才算长诗？是几百行还是千行以上？

在我看来，其实不一定有一个极其严格的标准，包括小长诗以及一些篇幅较大的主题性组诗也可在讨论范围之内。翟永明从20世纪80年代开始，除了极个别的几首长诗之外——包括近年完成的《随黄公望游富春山》，她的诗歌基本上都是主题性的组诗。翟永明自己也说她比较擅长这种方式，更能够代表自己的写作路向。

对于长诗的"长"于坚有自己的看法，"实际上，'长诗'并不存在。所谓长诗，只是在某个大主题下的短诗的集合体。我的长诗是由片段组成的，并不像长篇小说一样要有一个完整的叙事结构。长诗的内在结构并非叙事性的。它内在的我们叫做'长'的那个东西，是一种力量推进的质感的东西，是不断在空间上的推进，不是行数的问题，或者框架的问题。它的力所构成的长度,就像你敲一个很大很厚的钟,'咚——'的一下,它的声音相当绵长,响很久都不停止,这个就叫做'长'"(《为世界文身·501》)。值得注意的是长诗从其文本规定性比如长度来说一直说模糊不清的,显然长诗不是拉面似的的物理意义上长度和体积的增大,而是扩展、增容甚至裂变运动。仅仅理解到长诗的量的扩张而忽视了长诗的内在结构、精神体积和思想质地无异于舍本逐末。这是长诗的常识,"何谓长诗?长就是扩展的意思。在短诗中,为了维护一致性而牺牲了变化;在长诗中,变化获得了充分的发挥,同时又不断破坏整体性。"(帕斯)而一部分所谓的长诗实际上是组诗的结合体或者抒情诗的拉长变形,"新诗史上特别是90年代以来,也出现过一些现代汉诗长诗,但是在我们的印象中它们更像是连续的抒情短诗的'焊接'"(陈超),"它不仅是指长度,同时也是指诗歌承载力,话语的扩展与变奏","我认为,真正的长诗应有强烈而连贯的智性和叙述性框架,如果仅凭感情和修辞炫技的驱动,二百行之后再优秀的诗人也会讲自己渐渐耗空——除非诗人硬赖在情感和修辞的空洞中循环往复""现代诗,特别是'长诗',其能量不应是各局部单维的相加,而应是复杂经验在冲突中取得的平衡,即相乘的积。诗歌的张力就处于相摩擦的力彼此持存又彼此互动之处;经不起经验复杂性或矛盾的考验的长诗,只是一首被'抻'长的短诗"(陈超《试着赞美这残缺的世界》)。

在我看来,"长诗"是一个中性词,而中国当代诗坛谈论"史诗"一词我觉得尚嫌草率,甚至包括海子在内的长诗写作。"史诗"无疑是对一个民族、国家、历史、文化的多元化的书写和命名,而这是对诗人甚至时代写作极其严格甚至残酷的筛选过程。在很多时代都会产生重要性的长诗,但是"史诗"的完成必然需要各种契机并最终要承受起历史和美学巨大的减法法则。由此,"大诗"是介于"长诗"和"史诗"之间的一个过渡形态。

回过头来看,尽管80年代以来长诗写作已经成为热潮,但是对于这一特殊的诗歌样式无论是在文体认识还是具体实践操作都充满了诸多龃龉。

王家新从北戴河回来后不久收到了骆一禾的诗学文章《美神》。对于那时骆一禾和海子以及南方一些诗人的长诗甚至"大诗"写作王家新是持保留态度的。但是更为敏锐的王家新也注意到正是80年代特有的诗歌氛围和理想情怀使得写作"大诗"成为那个时代的标志和精神趋向,"在今天看来,这种对'大诗'的狂热,这种要创建一个终极世界的抱负会多少显得有些虚妄,但这就是那个年代。那是一个燃烧的向着诗歌所有的尺度敞开的年代"(《我的八十年代》)。当我们注意到评论者和诗人同行更看重海子的短诗这样一个不争的事实,长诗无疑属于更有诗歌难度的写作,而中国又是自古至今都缺乏长诗(史诗)写作的传统。

1987年之后海子开始对自己的抒情短诗重新反思甚至抱有不满,因为他所寻求的是完整自足以及存在意义上的灵魂皈依,而这是一般意义上的抒情诗所无法承载的——"抒情,质言之,就是一种自发的举动。它是人的消极能力:你随时准备歌唱,也就是说,像一枚金币,一面是人,另一面是诗人"。海子的浪漫主义的"大诗"(现代抒情史诗、诗剧)实践是文体和主体自觉意义写作的一个开端或者阀门——"我写长诗总是迫不得已。出于某种巨大的元素对我的召唤,也是因为我有太多的话要说,这些元素和伟大材料的东西总会涨破我的诗歌外壳""伟大的诗歌,不是感性的诗歌,也不是抒情的诗歌,不是原始材料的片断流动,而是主体人类在一瞬间突入自身的宏伟——是主体人类在原始力量中的一次性诗歌行动……这一世纪和下一世纪的交替,在中国,必有一次伟大的诗歌行动和一首伟大的诗篇。这是我,一个中国当代诗人的梦想和愿望。"海子之所以要在八十年代中期开始尝试长诗写作,首先是民族性的焦虑,所以他试图避免以往的失败,其任务就是把民族材料提升为整个人类的形象,其次还在于他对完整性的重新建构的冲动,是对"碎片"和"盲目"的反拨,"本世纪艺术带有母体的一切特点:缺乏完整性,缺乏纪念碑的力量,但并不缺乏复杂和深刻,并不缺乏可能性,并不缺乏死亡和深渊"(《诗学:一份提纲》)。

海子是在古典理性主义、浪漫主义和西方中心现代主义精神(正像海子自己所说的是向西方的诗歌王国朝拜)的混杂中进行长诗写作的,他试图完成的是伟大的人类精神、伟大的创造性人格和伟大的一次性诗歌行动。质言之,海子的长诗是行动的、人格的和神性的结合体。

八十年代包括江河、杨炼、昌耀、海子和骆一禾以及九十年代的欧阳江河、于坚、西川、周伦佑等都曾在长诗写作中进行了尝试和创新,但毕竟是曲高和寡而应者寥寥。从八十年代到今天,在不同的阶段都有代表性的长诗文本出现,且不乏现象级的。但平心而论很多诗人和评论家缺乏对这些长诗深入考察的能力和耐心,尤其是一些体量巨大的长诗使得专业阅读者也望而却步。

我一再追问的是,在这个迅捷而茫然的时代我们为什么要写作长诗和阅读长诗?在一个精神委顿的年代,哪些诗人还具有"强力诗人"的庞大精神体量和智性势能?而近年来似乎写作长诗比拼诗歌长度已经成为一个不容忽视的写作现象。而其中很多的文字转瞬就成为后工业时代的廉价纸浆。

文字的生命力需要什么来支撑?仅仅是长度和厚度的物理指标吗?

当然不是。先锋诗评家陈超先生在《深入生命、灵魂和历史的想象力之光——先锋诗歌20年,一份个人的回顾与展望》一文中以相当精审、敏锐的个人和历史视域回顾了先锋诗歌20余年的文体和精神发展史。而我之所以强调这篇独特的文章,是想指出自 90 年代以来的诗歌写作尤其是极少一部分的长诗写作，确实蕴含了一种独具个性而又相当重要的个人化的历史想象力和深入现实的精神向度。这种个体主体性前提下的历史想象力较之 80 年代仍然带有写作"青春期"惯性和文化狂想症。按照陈超先生的解释，个人前提下的历史想象力是指诗人从个体主体性出发，以独立的精神姿态和话语方式去处理生存、历史和个体生命中显豁的噬心问题。换言之，历史想象力畛域中既有个人性又兼具时代和生存的历史性，历史想象力不仅是一个诗歌功能的概念同时也是有关诗歌本体的概念。

  个人化的历史想象力和求真意志是企图重建个人化的乌托邦景象以及还原真实的历史核心，而这必然是对以往的强权政治以及集体时代政治乌托邦的拒绝与反讽。更为重要的是，个人化的历史想象力祛除了虚假的乌托邦神话和以往的宏大历史叙事对个体主体性和真实的遮蔽。当然，80 年代以来这种诗人乌托邦情绪很大程度上不可能是属于一个人的，不可避免带有一代人所面对的诗歌理想主义时代终结的最后晚照。而这正是寻找精神词源的过程。但是，这种令人抬头仰望甚或垂泪的"光"又使一个个灵魂在灰暗的背景中震颤不已。这些痛苦、尴尬的诗句将一个诗人的内心的青苔和阴影抹去，震颤、疼痛的利刃将一个即将逝去的年代在黑暗中反复擦亮。这甚至在一定程度上可以看作写作者的尴尬命运。穿越窄门的光芒是苦痛的！

  长诗对于很多诗人而言更像是"一部行动的情书"（昌耀语）。

  对于任何一代诗人而言，没有任何人会轻视长诗写作——可能有的诗人一生都没有拿出一首像样的长诗，长诗在他内心的分量却无比重大，尤其是对于那些具有写作野心、雄心和文学史情结的写作者，长诗更是具有一种超强的磁力，"长诗的动机相对于短诗通常更为重大（同时更为复杂或更具有超个人性）""由于长诗写作较之短诗是一种更加深思熟虑的诗歌行为，由于长诗的写作动机或多或少具有整体把握的倾向，并且它处理的，是'更大的经验整体'，它在这方面的实践难度就更大，面临的考验更严峻"（唐晓渡）。

  从这个意义上说，实际上只存在着一种想象中的长诗"元诗"范本，每个具体的诗人完成的只是其中的一个局部或者碎片。

  毋庸置疑，这种写作"大诗""长诗"的当代意识是显豁的，但是其所遭遇的时代语境同样是显豁而尴尬的。如何在词语的精神世界建立起与日常生活之间的对应关系，甚至抬高到"个人宗教"的程度，我更愿意将之视为具有敬畏心理写作的呈现，而"敬畏"这一"关键词"已经在当下的诗歌写作者这里一再缺失。

  就长诗写作而言，很多诗人更像是一个个业余的马拉松选手。当下的很多长诗有的是一堆废话和知识以及场景的拼贴以及胡言乱语。更多地呈现急速的节奏中暴风骤雨式的寓言和荒谬性的戏剧性景观。无论是与诗人的生存直接相关的记忆、生活细节还是历史想象，都是在质疑、反讽的基调中呈现出支离破碎的状态。

无论如何，任何一个时代都期待着总体性诗人的出现，期待着"大诗"和"大诗人"的现身。

写作长诗对于任何一个诗人而言都是近乎残酷的挑战。长诗对一个诗人的语言、智性、想象力、感受力、选择力、判断力甚至包括耐力都是一种最彻底和全面的考验。

写作长诗最需要具备的是实验精神和"有机知识分子"意识。一个长诗中必然会在一些环节出现不可避免的错误或者致命伤——这是任何一个写作者在写作长诗时都会出现的，一个诗人的各方面的能力是不均等的。用抽象完成抽象？用具体超越具体？经验的、现象的、个人的、历史的、超越的综合体如何完成？

事实证明，几代人写作长诗的努力印证了中国当代诗人写作"大诗"是有可能的，当然这种可能性只能是由极少数的几个人来完成的——历史总是残酷的。在巨大的减法规则中，掩埋和遗忘成了历史对待我们的态度。长诗从写作动机的重大性甚至作为诗歌现象和诗学命题的"严肃性"是不言而喻的，追求"诗歌的大格局"（欧阳江河），"更能完整地揭示诗自成一个世界的独立本性，更能充分地发挥诗歌语言的种种可能，更能综合地体现诗歌写作作为一种创造性精神劳动所具有的难度和价值"（唐晓渡《从死亡的方向看》）。从精神上来看长诗写作就是"坚持诗歌中的英雄主义"（安琪《长诗写作笔记》），甚至会提升到"个人宗教"的高度。但是，限于长诗对阅读者的挑战，比如人们更容易围观一场街头的吵架然后一哄而散，更喜欢在运动场上关注那些爆发型的选手（比如跳高、跳远、投掷以及百米短跑和110米跨栏）而对那些长跑和马拉松运动员提不起任何兴致。与此同时，这种长诗阅读的"冷漠症"还必然牵扯到多年来的诗歌阅读惯性。长诗阅读一直处于"个人"行为，而不带有整体性，更谈不上在普通读者那里形成一个时代的精神共振。这种阅读状况并不是一时形成的，而是有其历史的惯性机制，早在90年代初就有研究者对此问题予以关注："长诗在这些年间所取得的成果迄未得到，或者说还来不及得到认真的关注和对待。这反映了这个时代精神上捉襟见肘的一面。它与其说有意无意地忽略了长诗，不如说某种程度上无从消受长诗。长诗：巨大的精神奢侈品。看来不得不忍受长期孤独的命运。"（唐晓渡《从死亡的方向看》）

图书在版编目（ＣＩＰ）数据

汉诗·从老家那边下过来的雨 / 张执浩主编. -- 武汉：长江文艺出版社，2019.4
ISBN 978-7-5702-0972-9

Ⅰ. ①汉… Ⅱ. ①张… Ⅲ. ①诗集－中国－当代 Ⅳ. ①I227

中国版本图书馆CIP数据核字（2019）第070940号

责任编辑：谈 骁		责任校对：毛 娟	
封面设计：祁泽娟		责任印制：邱 莉　王光兴	

出版： 长江出版传媒　 长江文艺出版社
地址：武汉市雄楚大街268号　　邮编：430070
发行：长江文艺出版社
http://www.cjlap.com
印刷：武汉市新鸿业印务有限公司

开本：720毫米×1020毫米　　1/16　　印张：16.75
版次：2019年4月第1版　　　　　　　2019年4月第1次印刷
行数：7236行

定价：36.00元

版权所有，盗版必究（举报电话：027—87679308　87679310）
（图书出现印装问题，本社负责调换）